지상의
정원

강순지 수필집

지상의 정원

한그루

책을 펴내며

어머니는 나의 바다이고 바람이었다. 언제든 달려가 바라보며 울 수 있는 바다, 항상 내 곁을 서성이며 지켜주는 바람이었다. 내 삶과 문학은 어머니 없이는 존재할 수 없다. 몇 년 전부터 시작한 나의 글쓰기의 근원도 어머니였다.

어머니와 내 안에 있는 그리고 자연의 모성(母性)에 대해 쓰려고 했다. 모성은 모든 생명을 움직이는 힘을 가졌다. 나를 만들고 작가로 거듭나게 한 것도 모두 모성(母性)에 의한 것이다. 세상에는 영원히 모성이라는 힘이 필요하고 존재할 것이라 믿는다. 그 불멸의 생명력에 의해 인간과 삶이 영위될 것이기 때문이다. "모성은 모성을 모르는 자가 만든 단어"일 것이라고 누군가 말한 적 있지만, 모든 것이 사라져 가는 이때 우리에게 무엇보다 필요한 것은 어머니의 마음과 정신이 아닐까.

성인이 되면서 어머니처럼 살지 않겠다고 다짐하곤 했다. 곁에서 지켜본 어머니의 삶이 너무나 고되고 힘들었기 때문이다. 수필집을 내기 위해 글을 정리하면서 알게 되었다. 자신의 삶을 인정하고 견디는 것에도 힘이 필요하다는 것을. 나는 어머니의 삶을 얼마나 이해하고 있을까 되묻곤 했다.

앞으로 나의 글쓰기는 수액을 매달고 영양제 맞듯 '어머니'라는 소재를 통해서 나오게 될 것이다. 어머니가 돌아가시기 전에 어머니의 삶을 정리한 책 한 권을 선물로 드리는 게 나의 소원이었다. 이제 그 소원을 이루어 어머니 손에 이 책을 올려드릴 수 있게 되어 무엇보다 기쁘다.

『지상의 정원』은 어머니의 이야기가 대부분이다. 살다 보면 부모와 자식, 형제간에도 상처를 주고받는다. 그 상처를 이해와 믿음으로 안아줄 때 가족 관계는 더욱 견고해진다. 가족이라는 소재를 통해 나의 결핍된 자아를 치유하고 그 관계 속에서 정신적 성장이 이루어질 수 있었다. 부모님의 인생을 통해 삶과 죽음, 기쁨과 슬픔, 용서와 화해의 경험을 함께하며 힘들고 고단한 삶 속에서도 장미꽃처럼 아름답게 피는 순간들이 있다는 걸 알게 됐다. 어머니의 삶의 역사는 결국 내 삶의 기록이며 치유와 성장의 기록이기도 했다. 그것이 한 권의 수필집으로 모습을 갖추게 되었다.

책의 1부와 2부는 내가 기억하는 어머니의 이야기, 3부와 4

부에서는 농촌에서 살아가는 이야기와 작가로서 성장하려는 고민의 흔적들이 담겨 있다. 부록에 제주어로 쓴 작품 2편을 추가했다. 제주어는 나의 모어(母語)이다. 제주어로 글을 쓰면 어머니의 말이 글로 바뀌는 신기한 경험을 이루게 된다. 앞으로도 제주어로 더 많은 작품을 쓰고 싶다.

책이 나오기까지 많은 분에게 마음의 빚을 졌다. 내 삶의 깊은 뿌리가 돼 주는 사랑하는 가족들과 친구들에게 감사를 전한다. 곁에서 격려와 조언을 아끼지 않은 문우들께 감사드린다. 글을 쓰는 데 많은 가르침을 주신 허상문 교수님께 깊이 감사드린다.

출판사 한그루의 김지희 편집장님께도 고마움을 전한다.

이천이십사년 십일월에
강순지

목차

1부
햇볕에 나앉은 항아리

2부

오래된 기억을 부적처럼 붙잡고

3부

어느 삶이 더 나은 걸까

4부

자국에 새살이 돋아나고

1부

햇볕에 나앉은
항아리

어머니의 유산

    친정집 좁은 올레를 트럭이 미끄러지듯 빠져나온다. 일출봉 위로 흰 구름이 지나가고 바닷바람이 훅하고 코끝에 와 닿는다. 바람은 차 안까지 갯내음으로 출렁인다.

    바다와 모래밭은 여름날의 놀이터였다. 친구들과 까맣게 그을릴 때까지 바다에서 자맥질하던 기억이 물결 따라 일렁인다. 짭조름한 바람을 맞으며 모래언덕에 핀 연보라색 순비기꽃이 손을 흔든다. 소꿉친구가 배웅하는 것 같아 창밖을 보는 척하며 붉어지는 눈을 비볐다.

    한 시간 남짓 달렸을까. 나무 그늘이 짙게 드리운 숲길이 시작된다. 방지턱을 넘으며 트럭이 덜컹하고 흔들린다. "살살, 조심조심.", 트럭의 짐칸을 살피며 놀란 목소리로 남편에게 당부하는 눈길을 보냈다. 오래된 항아리들이다. 적당히 세월의 때가 묻고 쿰쿰한 냄새도 난다. 항아리를 옮기기 전에 차 바닥에 헌 카펫을 깔았다. 항아리 몸통을 천으로 두껍게 감싸고 움직이지 못하게 단단히 묶었다. 행여나 깨지기라도 할까 봐 조바심이 났다.

집에 도착한 후 미리 만들어 놓은 자리로 조심스럽게 옮겼다. 트럭 뒷자리에서 쪼그려 앉아 오느라 고단했던지 항아리들은 주둥이를 하늘로 향하고 더운 김을 토해낸다. 속을 씻어내고 몸도 반질거리게 닦는다. 냄새를 우려내기 위해 물을 채웠다. 항아리는 언제나 정갈하던 어머니의 머릿결같이 말끔하다. 나무 그늘에 앉아 햇볕에 나앉은 항아리를 한참 바라본다. 이제 어머니의 장독대는 텅 비었다. 우리 집 장독대에는 새 식구로 북적인다. 장독대 위로 팽나무 가지가 길게 손을 내밀고 있다.

어머니는 요양원에 들어가기 전에 자식들에게 재산을 나눠주었다. 재산이라곤 달랑 당신이 살던 집 한 채였다. 집은 제사를 모실 자식이라고 아들 내외에게 주었다. 친정집이 없어지는 것 같아 서운하다. 동생 집이 된다고 해도 추억이 있는 한 여전히 나의 친정집이라고 생각하며 서운함을 달랬다.

이제 남은 거라곤 어머니가 쓰던 물건들이다. 헌 장롱과 수명이 얼마 남지 않은 냉장고와 세탁기 그리고 밖거리 방에 있는 반닫이 궤 두 짝이다. 위로 언니 둘은 궤 한 짝씩을 갖기로 했다. 언니들은 어머니가 지녔던 물건이 하나도 없으면 나중에 섭섭할 것 같다고 낡은 궤를 하나씩 끌어안는다.

궤 속은 투박하고 어수룩하게 산 어머니의 모습처럼 여기저기 흠집투성이다. 속을 바른 한지가 군데군데 찢기고 누렇게 변했다. 궤는 옷장이며 보석상자였다. 어머니는 옷을 싼 보자기를 계절마다 풀고 묶고를 반복했다. 지금은 보자기 속의 옷을 거의 버리고 두꺼운 스웨터 두어 벌만 빨간 보자기에 싸여 추운 겨울을 기다린다.

서랍에는 딸들의 초등학교 졸업사진과 오래전 군대 간 아들이 보낸 편지와 누렇게 바랜 유채 재배 계약서가 있다. 어머니는 흐린 눈을 비비며 자식의 얼굴을 찾아 졸업사진 속을 더듬었을지도 모르겠다. 백열등 아래서 점자를 읽듯 자식의 시간을 헤아렸을까. "보고 싶은 어머니"로 시작하는 아들의 편지는 베개 밑에 뒀다가 아들이 제대한 후에야 궤 안에 고이 접어두었을 거다. 기한이 지난 유채 재배 계약서는 오래전에 버려야 했다. 글을 모르는 어머니는 계약서 봉투를 몇 번이나 열었다 다시 제자리에 넣었을 것이다. 그러다 전당포에 맡겨두고 찾지 않은 물건처럼 잊었으리라.

언니들은 어머니 삶과 자신의 유년 시절을 유산으로 받은 셈이다. 궤를 열 때마다 어머니 생각에 눈물과 콧물을 흘리며 추억에 잠길 것이다.

나는 항아리를 받았다. 된장을 담았던 항아리와 간장 항아리, 몸통이 갸름하게 생긴 것과 작은 단지들까지 모두 다섯 개다. 갸름하고 손잡이가 있는 항아리에는 파란만장했던 어머니의 세월처럼 금이 간 자리 이곳저곳에 알루미늄 포일을 밴드처럼 붙여 놓았다. 빈 항아리 속에 지푸라기가 거미줄에 붙어 대롱거린다.

　"아이고, 이젠 이것도 그만해사키여. 혼자국이 힘들다." 몇 해 전, 된장 가르던 날 어머니는 폐업을 선언했다. 어머니 나이 팔십 중반이었다. 발자국을 내놓을 때마다 오르막을 오르는 고물 자동차처럼 위태로웠던 터라 이상할 일도 아니었다. 자식들에게 김치며 된장, 간장을 싸서 보내는 게 삶의 낙이었던 분이다. 포기하는 일은 많아지고 누군가의 도움이 필요한 나이가 되었다.

　어머니를 위로하고 싶은 마음에 항아리를 주면 농사지은 콩으로 장을 담가 먹겠노라고 달콤한 공약을 했다. 장을 담가 본 적도 없는데 항아리를 달라고 했다. 항아리를 가지고 와도 하루아침에 장을 만들 재간도 없으면서 무슨 배짱이었는지 모르겠다. 한편으론 장 만드는 것이 뭐 그리 어려운 게 있을까 싶기도 했다. 항아리를 끌어안고 보니 덜컥 겁이 난다. 무겁고 조심스럽고 자칫하면 자리만 차지할 이 물건을 어쩌면 좋을까.

　올봄엔 비가 많이 와서 제대로 콩 수확을 기대하긴 어렵게 되었다. 미리 사둔 소금만 여섯 포대다. 이 일을 어쩐담. 항아리를 두드리니 퉁퉁 배곯은 소리를 낸다. 이 속을 무엇으로 다 채울까. 항아리들은 아직도 어머니의 부지런한 손길과 맛있는 장맛을 기다리고 있으리라. 항아리의 배를 쓸고 등을 어루만지며 생각한다. 어머니의 장맛을 흉내 내는 건 어림도 없겠지. 어머니의 장맛을 모르듯이 항아리같이 깊은 어머니의 마음을 나는 아직도 모른다. 어머니의 삶의 끝에 무엇이 남아있을지 또한 모르겠다.

항아리에 어디 장만 담으란 법이 있나. 콩이나 보리도 담고 미역도 담아두고 주둥이 넓은 것에는 소금도 담아 두련다. 예전엔 고팡에 곡식을 담아두던 배불뚝이 항아리도 있고 부엌에는 물항아리도 있었다. 쓰임이 다양하니 천덕꾸러기는 안 될 것이다. 그러다 약속대로 장을 담가 봐도 좋겠다. 어머니가 장을 만들 때 곁에서 도와 왔으니 쉬 배워지지 않을까.

항아리에는 어머니의 눈물과 한숨이 고스란히 배어있다. 유산 속에는 남긴 자의 삶이 녹아있다. 한때는 보람이었던 것, 땀과 눈물과 한숨 속에 간절히 바랐던 이야기가 지층처럼 켜켜이 쌓여있다. 물건에는 저마다의 이야기가 있다. 물건 속에서 이야기를 찾고 이야기 속에서 삶의 흔적을 찾는다.

어머니의 푸근한 허리를 감싸듯 항아리를 끌어안는다. 어머니가 그리 아끼던 항아리 속에 담기고 퍼냈을 것들을 생각한다. 어깨에 짊어진 가족의 생계, 밭으로 바다로 내딛던 숨찬 걸음걸음, 가슴을 치는 설움과 남몰래 흘린 눈물 그리고 자식들이 잘 살아가길 바라던 기도가 섞인 어머니의 시간을 쓸어안는다.

항아리들이 멀리 떠나온 날, 저녁 해가 장독대 위로 조용히 내려앉는다. 서로의 어깨에 기댄 항아리 위로 노곤한 시간의 긴 그림자가 내려앉는다.

토갱이 밭

시골 풍경은 어디서든 낯설지가 않다. 길 양쪽으로 크고 작은 밭들이 몸을 맞대고 나란히 누워 있다. 파종을 끝낸 밭은 온몸으로 봄 햇살을 품는다. 봄볕은 열렬한 지지를 보내며 선물처럼 내리쬐고 있다. 트랙터가 가래 끓는 소리를 내며 너른 밭을 누비고 다닌다. 날이 돌아가면서 가래떡을 뽑아내듯 황토색 이랑을 빚어낸다. 모종을 심는 사람들의 손길이 분주해진다.

시골길을 걸어 산의 초입에 들어섰을 때였다. 비탈진 땅을 일구는 할머니를 보았다. 몸집은 작고 얼굴은 챙이 넓은 모자에 가려 보이지 않는다. 갈색빛이 도는 윗옷을 입었는데 희끗 희끗하게 빛이 바랬다. 꽃무늬가 요란한 몸뻬바지는 새로 산 것인지 꽃들의 윤곽이 선명하여 움직일 때마다 꽃이 꿈틀거리는 것처럼 보였다. 호미 쥔 손을 뻗으며 어깨를 수그릴 때마다 작은 몸이 유연하게 땅에 포개지는 것처럼 느껴진다. 손놀림이 잰 걸 보면 평생 흙을 만지며 살아온 모양이다.

할머니는 땅을 긁어 고랑을 만들고 흙을 돋워 이랑을 만든다. 흙덩이가 추위에 옹크렸던 몸을 뒤척이며 돌아눕는다. 풀뿌리에 붙어 있던 봄기운이 후두둑 떨어져 땅 위를 구른다. 할머니는 서두르지 않고 덤덤하게 호미질을 반복한다. 그녀 뒤로 봉긋하고 두둑한 이랑이 사월 햇살 아래로 구불거리며 기어간다. 정성스럽게 일군 땅에 무엇을 심으려는 것일까.

왜 힘들게 버덩을 일구고 있는 것인가. 풀이 무성하고 센 땅을 일구느라 고단했을 터이다. 노는 땅을 놔두지 못하고 한 평이라도 일구며 살아온 농부의 습성 때문일까. 일군 땅의 테두리는 땅의 성질에 맞춰 늘리다 만 것처럼 한쪽이 찌그러진 타원 모양이다. 흙과 돌을 두둑하게 쌓고 사이사이에 나뭇가지를 꽂아 울타리를 만들었다. 잠시 빌려 쓰다 언제고 되돌려 놓을 생각이라는 듯이 울타리 경계가 낮고 허술하다. 너풀거리며 날아가던 까만 비닐봉지가 나뭇가지에 걸려 바람에 퍼덕인다. 그녀의 영역이라고 확인이라도 하듯이 검은 깃발이 꽂혀 나부낀다.

평수가 작은 밭을 '토갱이 밭'이라고 불렀다. 밭뙈기처럼 크지 않은 땅을 낮춰 부르는 이름이다. 토갱이라는 말은 정감 있고 애틋해서 좋다. 작게라도 내 땅을 가질 수 있을 것 같은 기대를 걸게 한다. 토갱이 밭이 하나라도 있으면 가난한 집에서는 그걸 의지해 살아낼 힘을 얻는다. 고향인 해변 마을의 땅들은 모양도 제각각이고 크기도 들쭉날쭉했다. 척박한 토질의 토갱이 밭이 많았다.

마을에서 떨어진 곳에 작은 밭이 있었다. 어머니가 가진 땅 중에 가장 모양이 반듯하고 미끈한 맵시를 자랑했다. 크지 않은 밭에 보리와 고구마와 유채를 계절에 맞춰 번갈아 심었다. 학교 안 가는 날엔 어머니를 따라 밭에 다녔다. 김을 매는 일이 제일 지루하다. 작은 밭인데도 일을 할 때는 이쪽에서 저쪽 끝이 까마득하게 느껴진다. 시작하기도 전에 벌써 지쳐버린다. 봄볕에 어찌나 졸리던지 김을 매다 말고 이랑에 엉덩이를 걸치고 꾸벅꾸벅 졸았다. 저만치 앞서가던 어머니가 뒤돌아보며 큰 소리로 불러 깨우곤 했다. 졸음에 겨운 눈으로 다시 김을 매며 어머니 뒤를 쫓곤 했다.

"멀리 보지 말앙, 골갱이(호미의 제주어) 끝을 보라." 김매는 요령을 무슨 비책秘策이나 되듯이 알려주었다. 지루하고 힘들어도 다른 생각 말고 열심히 하란 말이려니 무심코 흘려보냈다. 살다가 문득문득 그 말이 떠오른다. 일이 버겁고 힘들게 느껴질 때마다 멀리 간 시선을 오늘이라는 시간 안으로 잡아 두었다. 모든 일에 기본으로 삼을 만한 요긴한 말이었다.

보리가 자라면 봄바람을 따라 까만 밭담 너머로 보릿대가 푸르게 넘실거렸다. 푸른 물결은 젊고 싱그러웠다. 마파람이 불면 보리는 이삭을 달고 혀를 길게 빼물고 쑥쑥 자랐다. 보리는 살갑지 않다. 겨울을 지내며 온갖 시련을 견뎌내느라 그런지 줄기도 뻣뻣하고 알갱이를 감싸고 있는 ㄱ시락(까끄라기의 제주어)도 까칠하다. 하지만 사월의 봄바람 앞에서는 한없이 부드러워진다. 훈기를 품은 바람에 보리는 낭창거리며 춤을 춘다. 살랑대는 모습을 보고 있으면 날씨 때문인지 보리의 하늘거림 때문인지 가슴이 울렁거렸다.

봄 햇살을 받으며 보리 알갱이가 토실토실하게 영글었다. 잡초를 뽑는 어머니는 물질하듯이 보리밭 사이를 오르락내리락한다. 고개를 들면 마른 숨비소리가 보리 이삭에 알알이 맺힌다. 다시 허리를 숙여 미역을 감아올리듯이 대우리를 양손에 한 줌씩 쥐었다. 어머니의 한숨 소리가 밭고랑 사이로 굽이굽이 흘렀다.

해가 기울기 무섭게 산 그림자가 밭 안쪽으로 성큼성큼 들어선다. 어머니의 손길은 바빠지는데 나는 집에 갈 생각에 속없이 좋아했다. 일하기 싫어 마음은 늘 밭담 밖에서 맴돌았다. 해야 할 일을 남겨놓고 돌아서며 어머니는 해가 저무는 걸 아쉬워했다. 돌아서는 발길 뒤로 흙으로 덮어놓은 어머니의 고단한 숨소리가 슬금슬금 새어 나온다. 황갈색의 삶의 무게가 봄바람을 타고 보리밭을 휘휘 감아 돌았다.

　예전엔 점심밥을 대나무로 엮은 구덕에 넣어 지고 다녔다. 집으로 돌아오는 길엔 숟가락이 빈 그릇 속에서 어머니 발걸음에 따라 달그락달그락 장단을 맞추었다. 날은 어두워지고 마음은 급한데 돌아오는 내내 소리는 눈치 없이 경쾌하기만 했다. 그 소리가 들리면 어머니가 오나 하고 저녁밥을 하다 말고 올레로 고개를 쭉 내밀었던 기억이 난다.

　어머니는 너른 땅을 가져본 적이 없다. 보잘것없다고 외면한 땅에 돌을 고르고 거름을 주고 잡초를 뽑아 곡식의 씨앗을 뿌렸다. 토갱이 밭 두 개에서 수확한 것으로는 한 해 먹고살기가 빠듯했다. 밭에서 자란 곡식을 수확하고 등짐으로 지어 날랐다. 어머니는 자식들을 굶기지 않는 게 소원이고 바람이었다고 한다.

　일구고자 했던 것이 토갱이 밭만은 아니었으리라. 토갱이 밭에는 먹이고 보듬고 키운 당신의 새끼들 그리고 당신의 삶도 담겨 있었다. 강마른 땅을 일구며 멀리 보지 않고 손끝에 눈길을 두고 살아낸 세월이다.

　텅 빈 밭에 겨울바람이 웅크리고 앉은 어머니의 시간, 봄볕 사이로 무정하게 흘러간다.

봄날은 간다

　일요일 아침이다. 삼월은 쌉싸름한 커피에 생크림 가득 올린 모카커피 같다. 쌉싸름한 겨울바람의 여운에 흙냄새가 감도는 봄의 따뜻함이 섞여 있어서일까. 며칠간은 꽃샘추위로 코끝을 얼얼하게 하더니 오늘 아침은 창문 사이로 포근한 바람이 연실 들락거린다. 봄햇살이 녹아있는 바람은 얇은 모직 스카프 촉감처럼 가볍고 포근하다.

　친구들과 오름에 가기로 약속한 날이다. 포근한 게 나들이 하기에 안성맞춤이다. 하지만 기분은 날씨처럼 가볍지만은 않다. 엊그제 어머니의 전화를 받은 탓이다. 옆구리가 결려 부항을 뜨면 좋겠다고, 주말에 올 수 있는지 물었다. '병원에서 물리치료를 받으시거나 미리 침이라도 맞으실 일이지, 일주일에 하루 쉬는데 그걸 못 보시지.' 원망하는 마음이 고개를 들었다.

오름에는 겨우내 추위를 이겨낸 생명이 꽃을 피우고 있었다. 보라색 제비꽃이 오름 둘레에 무더기로 피어 있다. 제비꽃 곁에 앉아 친구들과 수다 꽃을 피웠다. 옆구리가 아프다는 어머니의 목소리가 웃음소리 끝자락에 매달려 가시처럼 따끔거린다. 한때는 어머니가 내 인생의 전부인 것처럼 살았다. 사는 게 바쁘다는 핑계로 어머니에 대한 마음을 자꾸 밀어낸다. 철 지난 겨울 외투처럼 무겁고 부담스러운 존재로 느끼고 있는지도 모르겠다. 한쪽으로 밀어두고 외면하고 싶은 것은 아닐까. 사랑하는 마음은 간데없고 숙제하듯이 의무감으로 대하는 것 같아 마음이 무거워진다.

　오름 산행이 생각보다 빨리 끝났다. 서둘러 친정집으로 달려간다. 어머니가 없다. 휴대전화 번호를 누르고 또 누른다. 덜컥 겁이 난다. 어머니를 만난 건 집 앞 바닷가에서다. 지팡이를 짚고도 비틀거리며 걷는 어머니의 걸음이 불안하다. 다리 두 쪽에 인공관절 수술을 했다. 수술 시기가 늦어서 통증만 줄였을 뿐 걷는 데는 큰 도움이 되질 못했다. 바깥나들이도 힘든 형편에 바닷가로 나서는 건 엄두도 못 낼 일이었다.

　어쩐 일인가. 어머니의 핼쑥한 얼굴에 붉은빛이 돈다. 봄볕에 그을린 탓일까. 아니면 오랜만에 바다에 다녀온 덕분에 기분이 좋은가 하고 안색을 살폈다. 어머니 조끼 주머니에서 트로트 리듬이 흥겹게 흘러나온다. 뽕짝뽕짝, 리듬은 어머니의 걸음을 지치지 않고 응원하고 있다. 어머니는 흥이 많은 분이다. 젊은 시절에는 장구 리듬에 맞춰 일출봉 잔디밭을 누비었노라 말씀하시던 생각도 문뜩 지나간다. 한 손에는 지팡이 짚고 한 손에는 검은 비닐봉지를 매달고 걸어온다. 비닐봉지도 트로트 리듬을 따라 춤을 춘다.

　검은 봉지를 건네받았다. 불룩한 부피로 보아 속이 기대된다. 열어보니 가시리 한 줌에 파래 한 줌 그리고 여린 방풍나물도 조금 있다. 눈에 익은 오래된 보라색 스웨터도 보인다. 스웨터는 옷이 더러워질까 봐 깔고 앉았다고 한다. 불편한 몸에 그것도 짐이었을 텐데. 쿠션감까지 고려하여 낡은 스웨터를 챙겨 가실 생각을 하다니, 역시 깔끔한 걸 좋아하는 어머니 성격답다. "해온 건 흔 줌이고, 어머니 행장이 흔짐이우다." 내 농담에 어머니가 입가에 굵은 주름을 만들며 웃는다.

　"바다 성창을 걸을 자신은 웃어도 곶디서 가시리영 파래영 해보고정 해라." 내가 옆구리와 등에 부항을 뜨는 사이 당신의 마음을 나직이 흘렸다. 봄 햇살이 너무 좋아 봄볕에 홀려 바릇잡이에 나설 용기를 냈다고 한다. 며칠 전에도 다녀온 모양이다. 모래밭 속에서 자란 어린 방풍나물을 캐서 무쳤더니 보드랍고 입맛이 돌더라고, 오늘은 아예 작정하고 나섰다. 모래 위에서 소꿉놀이하듯이 이리 앉아서 한 줌, 저리 돌아앉아 한 줌. 그러다가 바닷바람에 시름을 덜었나 보다. 오랜만의 나들이가 부디 고단하지 않았기를 바라며 검붉게 부풀어 오른 부항 자국을 알콜 묻힌 솜으로 닦는다. 붉은 자국이 통증의 증표처럼 둥글고 진하다.

어머니는 가시리 한 줌을 봉지에 담아 내 가방 속으로 밀어 넣는다. 힘들게 채취한 것을 가져가는 게 맞을까 생각하다 어머니의 얼굴을 보고 받기로 했다. 가시리 한 줌의 의미가 내리사랑만은 아닌 듯했다. 공짜로 치료받는 건 아니라는 생각으로 무엇으로든 답례하고 싶었을지도 모른다. 일요일에 쉬지 못하게 한 미안함이 담긴 어머니 마음인지도 모를 일이다. 가시리 봉지를 만지작거리며 어머니의 통증과 친구들과의 약속을 저울질하던 내 얕은 마음이 부끄러워진다.

잘 먹겠노라 말하고 돌아서다 멈췄다. 싱크대에 기대어 저녁을 준비하는 어머니 등을 감싸 안았다. 어머니는 돌아서서 "내 새끼, 사랑해." 하며 내 볼에 입을 맞춘다. 팔순이 넘은 나이에 사랑 표현이 그리 자연스러울 수가 없다. 어머니는 짧은 봄날에 따스한 봄볕 같다. 눈 가늘게 뜨고 손바닥으로 그늘을 만들면서 밖으로 나가고 싶게 하는 봄볕이다. 움츠렸던 기분을 보그락이 살려준다. 주저앉은 나를 일어서게 하는 힘을 가진 봄볕이다.

하루가 저문다. 아! 봄날이 간다. 봄 햇살이 어머니 깊은 주름에 스며드는 동안에도, 내게 당신 품을 내주며 사랑한다고 말하는 순간에도, 아무도 찾지 않는 빈 올레 어귀를 바라보는 시간에도 어머니의 봄날은 간다. 숭숭한 뼛속 마디마디에 아린 바람 소리 내며 간다. 박제되지 않은 흥을 따라 봄날이 가고 있다.

엄마의 향기

　긴 올레에 마른 소금기가 맴돌고 있었다. 코앞에 바다가 있어 늘상 바닷바람이 집 주위를 헤집고 다닌다. 엄마는 바닷바람의 극성에도 우영팟의 모래흙을 일궈 제철 채소를 가꿨다. 땅을 놀리는 법이 없던 엄마였다. 돌보는 사람이 없어 푸성귀는 흔적도 없이 사라지고 우영팟이 텅 비었다. 회갈색으로 변한 땅에 겨울바람만 이리저리 뒹굴어 다닌다. 주인 없는 틈을 타 집 울타리에 웃자란 잡풀들이 무성하다.

　문을 열며 "엄마!" 하고 불러본다. 빈집인 걸 알면서도 습관처럼 부른다. 부엌 창가에서 흰색과 검은색이 섞인 점박이 고양이가 인기척을 느끼고 엄마 대신 야옹야옹 운다. 고양이도 먹을 것을 던져주던 엄마를 기다리고 있었을까.

　얼마 전, 엄마가 요양원에 입소했다. 자식들이 보냈다는 말이 맞겠다. 모실 형편이 안 되니 어쩔 수 없다고, 요즘 요양 시설은 예전 같지 않다고 엄마를 설득했다. 요양원으로 밀어낸 것 같아 미안하고 죄스러웠다.

입소를 앞두고 엄마의 몸을 씻겨 드렸다. 야위고 주름져서 늘어진 몸은 물기 빠진 노각 같다. 따뜻한 물로 몸에 붙은 냄새들을 서둘러 씻어낸다. 기저귀를 사용하고부터는 잘 씻는다고 해도 자꾸 비릿한 냄새가 난다. 분홍색 목욕 비누를 문질렀더니 주름진 몸에 아기 분내가 거품을 내며 보글거린다. 감긴 머리카락에선 풀꽃 향기도 난다. 훗날, 목욕 비누와 샴푸의 향기로라도 향기를 맡는 순간에 엄마와 함께한 기억들이 떠오르면 좋겠다.

엄마의 등과 가슴과 배를 열심히 문질렀다. 정성스럽게 문지르면 주름이 펴지지 않을까 하는 헛된 바람을 가져본다. 낯선 환경에 적응하느라 불안하고 외로운 시간을 보낼 엄마를 달래듯 그녀의 등을 천천히 쓰다듬는다. 싱그럽고 탐스럽던 시절엔 가난 말고는 무서운 게 없었다고 엄마는 말하곤 했다. 엄마의 젊고 건강하던 좋은 시절은 자식 다섯 오누이를 키우고 가난에서 벗어나느라 바빴다. 당신은 허기에 찬 하루를 살아도 자식들은 배곯지 않게 키웠다. 모든 것을 걸고 살아온 인생이다. 정작 엄마 자신을 위해 남겨둔 것은 무엇일까.

엄마는 복숭아를 좋아했다. 한여름이면 시장에서 떨이로

내놓은 황도 복숭아를 사 오곤 했다. 누르스름하게 물러진 부분을 긁어내고 성한 부분을 골라 한입 크게 베어 물면 복숭아 물이 입술 끝에서 줄줄 흘렀다. 성한 부분은 자식들에게 주고 엄마는 심하게 물러진 부분을 긁는 둥 마는 둥 하고는 입에 넣는다. 씨에 붙은 살점까지 쪽쪽 빨아 먹는다. 손톱 안에 스민 복숭아 물의 달콤한 향내를 맡으며 아쉬움을 달랬다.

복숭아는 달고 싱그럽고 탐스럽다. 젊은 날의 엄마, 분홍색 루즈를 새끼손가락으로 찍어 바르고 옥색 한복을 입고 마을에서 열린 어버이날 행사에 갔다. 신나게 장구채를 치며 덩실덩실 춤을 추었다. 춤으로는 누구에게도 지지 않을 자신이 있다고 할 정도였다. 오랜만의 나들이에 엄마는 흥에 겨웠다. 흥이 엄마의 흰 고무신 코에서 공회당 지붕의 기왓장 능선을 타고 파란 허공으로 날았다. 찬란하게 싱그럽던 것들도 시간이 지날수록 시들고 짓물러진다. 시간은 젊음을 서서히 갉아먹는다. 늙는다는 건 서글픈 일이다.

빈집의 창문을 열고 옷장도 열었다. 창문으로 들어온 바람이 방과 마루와 주방을 훑고 다닌다. 엄마의 옷장에는 물색 고운 옷이 많다. 종류별로 단정하게 정돈돼 있다. 윗옷들은 옷걸이에, 바지와 내의들은 서랍에 두었다. 언제든지 외출할 준비가 된 옷들은 들뜬 마음으로 주인을 기다리고 있다. 하지만 그들의 주인은 쉽게 돌아오지 못할 것 같다.

방 안에 엄마 향기가 맴도는 듯하다. 나이 들어서도 엄마한
테서는 좋은 냄새가 났다. 광대가 도드라진 얼굴에 화장품 냄
새가 반질거렸다. 파마머리에서도 샴푸 향이 뽀글거렸다. 옷
과 이불에서는 햇빛에 잘 말린 산뜻한 향이 났다. 엄마가 부지
런히 움직인 덕에 집은 깔끔하고 안락했다.

시간은 무정해서 기다려주는 법이 없다. 자식들을 모두 출
가시키고, 시장에서 물색 좋은 옷도 사뒀다. 맛있는 음식을 맘
껏 먹을 수 있는 형편도 되었다. 하지만 그녀의 생은 중심을 잃
은 기둥처럼 깊이 무너지고 있다. 고단한 삶의 끝에 호사를 누
릴 시간이 오리라고 믿어온 마음을 비웃는 듯하다. 엄마가 살
아온 삶을 돌아보며 어떻게 살아야 후회가 남지 않을까 하는
상념에 잠긴다.

어느 날인가 엄마가 신장염으로 병원에 입원한 적이 있다.
구순 가까이 살아낸 몸이 밤새 고열에 시달렸다. 힘들게 견디
는 모습이 안쓰러우면서도 가슴이 뭉클했다. 신열을 견디면서
도 그녀가 놓지 못하는 것이 생에 대한 집착이고 노욕이라고
누가 쉽게 말할 수 있을까. 개똥밭에 굴러도 이승이 좋다는 옛
말이 있다. 인간의 목숨은 힘겨운 삶일지라도 마지막 한순간
까지 살고 싶고 살아내야 하는 게 숙명일지 모른다.

아침에 한층 더 핼쑥해진 엄마를 안고 딸내 나는 머리에 입
을 맞추었다. 희미하게 웃는 엄마의 얼굴에 생의 꽃이 한 자락

피었다. 젊은 날의 땀 냄새와 구순을 앞둔 이의 땀내가 같을 수는 없다. 하지만 살고 싶은 의지만은 같지 않을까. 엄마를 떠올리면 비릿한 냄새마저도 그리워지는 날도 있겠지….

엄마의 향기가 시들어간다. 문틀에 먼지가 내려앉고 돌담 아래 피어나던 들꽃도 풀이 죽었다. 창고 벽에 걸어둔 허옇게 빛바랜 대구덕 안에 거미가 발 빠르게 집을 짓고 있다. 먼지도, 풀도, 거미도, 엄마의 자리를 밀어내는 것만 같다. 엄마가 없는 공간에 엄마의 냄새가 지워지고 있다.

무엇으로 엄마의 냄새를 지킬 수 있을까. 그녀의 방에 앉아 열어지는 향기를 가만히 가만히 더듬고 있다.

어머니의 발

어머니 발은 짝짝이다. 오른발은 넓적하고 여기저기 굳은 살 박인 자국이 있다. 걸어온 길을 기억이라도 하듯 발가락 마디마디가 울퉁불퉁하다. 무지외반증으로 두 번째 발가락이 첫째와 셋째 발가락 사이에 기형적으로 올라와 있다. 왼발은 무릎 아래 근육이 위축되어 발 모양이 뭉툭하다. 발목 신경이 약해져 왼발을 디딜 때면 주저앉을 것 같다고 호소하곤 한다. 왼발이 제 역할을 못 해 오른발이 어머니 몸을 힘겹게 지탱한다.

어머니와 아버지도 짝짝이다. 아버지는 그녀의 왼발처럼 있어도 그저 이름만 남편이고 서방이다. 삶의 무게를 나눠 지지 않았다. 되레 자신의 짐을 어머니에게 떠넘기고 떠난 비겁한 사내였다. "느네 아방처럼 잘생긴 남자는 없저." 순정으로 살기엔 밤은 길고 새울 날이 많았다. 어머니는 사랑을 가슴에 품고 자식들을 위해 가난과 싸웠다. 억척스럽게 살았지만 남편이 딴살림을 차리고 떠나자 억울하다고 울부짖는 여인. 어려서는 어머니가 삼류 드라마의 여주인공으로 사는 게 싫었다.

다른 길을 갈 수도 있었다. 마누라 말 잘 듣는 무던한 사내를 만나 고생하지 않고 살았으면 어땠을까. 살뜰히 사랑받으며 살았다면 어머니 발은 고운 살결에 모양도 반듯했으리라. 신발코가 날렵한 꽃신을 신고 여유로운 걸음으로 신작로를 걷는 마나님으로 사셨을지도 모른다. 울 일도 배고플 일도 없이 흙밭이나 돌밭이 아닌 잘 포장된 도로 위를 걷는 어머니의 모습을 상상해보곤 했다.

한평생 어머니 자신을 위한 걸음은 얼마나 될까. 주무시는 어머니 발을 주무르며 상념에 잠긴다. 어머니가 이 발로 세상을 내달리던 시절이 있었다는 게 까마득하게 느껴진다. 배고픔 말고는 두려운 게 없던 시절, 어머니는 건강한 두 발로 삶의 이랑 위에 씨를 뿌리고 곡식을 거두고 자식을 키웠다. 두 발은 팔자를 이고 자식을 업고도 힘든 삶을 버텨낼 힘을 주었다. 자식들을 지키기 위해서라면 한밤중에도 기꺼이 일어나 달렸다. 오래전 이야기가 떠오른다. 어머니 마흔 살쯤, 우리 형제들이 아직 어머니 품 안의 자식으로 있던 시기의 이야기이다.

그날은 동짓달 보름께였다. 흙 마당 위에 깔아놓은 억새 위로 환한 달빛이 부서져 내리고 있었다. 고단한 밭일을 끝낸 어머니는 일찍 잠자리에 들었다. 나는 어머니 굳은살 박인 발가락을 만지며 아래쪽에, 남동생은 어머니 가슴 쪽에서 잤다. 집은 마당을 끼고 안거리와 밖거리가 ㄴ자 모양으로 있다. 안거리에는 작은 방 두 개와 마루가 있고, 밖거리에는 방 하나에 부엌과 작은 창고가 딸렸다. 안거리에는 할아버지와 큰언니와 세 살 터울로 둘째, 셋째 언니가 생활하고 있었다. 우리는 밖거리 방에서 자고 있었다.

초저녁잠에서 깬 어머니는 잠결에 바스락거리는 소리를 들었다. 분명 마른 억새를 밟을 때 나는 소리다. 늦은 시간에 누가 온 것일까. 어머니는 몸을 일으켜 빨간 내복 차림 그대로 양말을 찾아 신는다.

다시 조심스럽게 억새 밟는 소리가 난다. 밖거리 쪽은 아닌 듯하다. 안거리로 가는 게 분명하다. 어머니는 방을 나와 도엣문(바깥문)을 밀었다. 문이 먼지를 토해내며 낮게 털컥거리고 스르르 열린다. 검은 그림자가 안거리 문을 열려고 손을 뻗는다.

"야, 너 누게냐?" 어머니는 소리를 지르며 검은 그림자를 향해 달려들었다. 검은 그림자는 냅다 마당을 가로질러 올레 밖으로 내달리기 시작한다. 어머니도 따라 달린다. 어머니는 빨간 내복 차림이었다.

"야, 너 누게냐? 여기가 어디라고 왔냐? 네가 도망갈 수 있을 거 같으냐? 어림도 없다. 내가 너를 꼭 잡고야 말겠다."

"아이고, 삼춘. 아무것도 아니우다. 제발 돌아갑써게."

"너 누게네 아덜인 줄 알겠다. 너 거기 안 서면 네 아비를 찾아가서 결판을 내고야 말겠다. 거기 서라."

어머니와 검은 그림자는 우리 집 긴 올레를 지나, 넋 들이는 할망 집을 지나, 점방 삼춘네 집도 지나고 추격전은 계속되었다. 마침내 검은 그림자는 뛰는 걸 포기하고 그 자리에 섰다. 항복이다. 어찌해 볼 도리가 없다고 체념했을 것이다. 반드시 잡고야 말겠다는 어머니의 분명한 의지 때문이었지 싶다.

결국 검은 그림자는 달려간 길을 거슬러 와야 했다. 어머니 손에 잡혀 우리 집 긴 올레를 걸어서 마당 억새 위에 무릎 꿇고 앉았다. 동네 사람들이 우리 집 마당으로 모여들었다. 어머니는 동짓달 보름께 달빛 아래 죄인을 심문하는 판관 같다. 뛰는 가슴을 진정시키려고 냉수 한 대접을 벌컥벌컥 들이켰다. 그리곤 검은 그림자를 나무랐다. 호위무사 같은 위세였다.

그날 이후 동네에 입소문이 났다. "순자 어멍은 막 독허여. 허락 어시 드나들다가 그 어멍한티 걸리면 업어치기 당한다." 는 소문이 보이지 않는 담장을 만들었다. 하루 세끼 챙겨 먹기도 어려웠던 시절에 어디서 그런 힘이 생겼는지 어머니 자신도 모를 일이라고 했다.

우리 형제들에게 그날 밤의 소동은 한 편의 드라마다. 어머니가 주인공인 유쾌한 활극으로 우리 대화에 자주 오르내리곤 했다. "너를 꼭 잡고 말겠다."고 의지에 차서 달렸다는 어머니의 경험담을 들을 때면 희열마저 느꼈다. 그날, 빨간 내복의 호위무사 같던 어머니. 몇 년을 입어 색이 바랜, 검은 고무줄을 당겨 윗부분이 쭈글쭈글 볼품이 없던 내복 차림의 어머니. 동짓달 초겨울 바람결 같았던 어머니를 떠올린다. 노쇠해가는 어머니를 쓰다듬으면 바스락거리는 마른 억새 밟는 소리가 난다. 속이 텅 비어 금방이라도 검불처럼 사그라져 버릴 것만 같은 어머니를 어루만진다.

이제 와 보니 어머니는 당신의 두 발로 자신에게 주어진 삶을 사셨다는 생각이 든다. 피하지도 않고 용감하게.

소리의 온도

약재상에 들러 치자열매를 한 줌 샀다. 치자열매는 식용 염료나 옷감 등에 물을 들일 때 쓰인다. 천연 해열제로도 그만이다. 주황색 작은 알맹이를 따뜻한 물에 우려내어 마시면 신기하게 열이 내린다. 애들 키울 때는 해열제 대신 요긴하게 썼다. 딱히 쓸 일이 없는 지금도 재미 삼아 사서 바람 드는 곳에 걸어둔다.

약재상을 나와 시장 구경에 나섰다. 시장은 마트처럼 질서 정연하지 않아 좋다. 적당히 흐트러지고 비뚤어진 것들이 나름대로 질서를 만든다. 시장에는 다양한 사람들이 모인다. 그들의 소리가 어우러져 시장 안은 온기로 출렁거린다. 호떡이 자글자글 소리를 내며 노르스름하게 익어간다. 냄새에 혹해 이천 원어치 호떡을 샀다. 호호 불며 한입 베어 물자 입안에서 뜨겁고 달콤한 맛이 줄줄 흐른다.

시장 한쪽에 '동태포 할머니'가 보인다. 제사나 명절에 동태포를 뜨러 오는데 아이들은 그녀를 동태포 할머니라고 부른다. 그녀는 평생을 한자리에서 동태를 팔고 있다. 오늘도 관절염으로 휜 손가락을 하얀 목장갑에 숨기고 동태포를 뜨고 있다. 꽁꽁 언 동태 껍질을 벗기고 뽀얀 살점을 비슷한 크기로 저며낸다. 잠깐 사이에 동태는 차가운 뼈를 앙상하게 드러낸다. 동태포를 봉지에 담아주고 탁탁, 그녀는 칼날을 도마에 두드리며 냉기를 털어낸다. 냉기는 털어도 털어도 빠지지 않는다. 그녀의 손끝에 인이 박인 냉기는 손님을 반기는 얼굴에 가려진다. 그녀의 삶은 냉기와 온기 사이에 그 어디쯤일까.

건너편 가게에서 후덕해 보이는 노부부가 물 좋은 가자미 두 마리를 고른다. 상인이 가자미를 손질하며 수척해 보인다고 안부를 묻는다. 할아버지는 허리를 다쳐 한동안 병원에 있었노라고 고생담을 늘어놓는다. 상인은 '에구에구'를 후렴구처럼 반복하며 안타까워한다. 노부부는 가자미를 넣은 검은 봉지를 들고 부인이 앞서 걸어간다. 걸을 때마다 검은 봉지에서 부스럭거리는 소리가 난다. 이제 저녁 밥상에 오를 일밖엔 없는, 살아있던 것의 마지막 저항 같은 게 비닐 소리에 묻어 점점 멀어진다.

짐을 가득 실은 낡은 오토바이가 좁은 길을 능숙하게 빠져

나간다. 가릉가릉 숨 가쁜 엔진 소리를 흘리며 지나간다. 녹이 검버섯처럼 핀 오토바이는 그에겐 생계 수단이다. 누군가는 시끄럽다고 얼굴을 찡그려도 바퀴가 돌아가는 동안만큼은 노장의 패기가 있다. 그의 삶의 무게를 함께 짊어지고 달려간다.

어깨에 짐을 멘 사내가 장화를 저벅저벅 끌며 지나간다. 체격이 크고 황갈색 피부에 땀으로 번들거리는 그는 된숨을 몰아쉰다. 면발을 끓이는 냄비에서 뿜어지는 허연 김처럼 그의 고단한 숨결이 가쁘게 스쳐 간다. 살아있는 모든 것은 소리가 있다.

허공을 누비는 소리에 삶의 온기가 느껴진다. 부지런히 살아가는 사람들의 눈빛과 음성과 몸짓에서 나오는 소리는 따뜻하다. 시리고 배고픈 날에 내장을 덥혀 줄 국물처럼 뜨끈하다. 낡은 엔진소리와 사내의 바쁜 발걸음 소리는 한층 더 뜨겁다.

소리는 내 안에서 무형의 언어로 존재하다 어떤 떨림과 더해져 그것만의 온도가 된다. 겨울바람에 창문이 덜컹덜컹 흔들리는 소리는 시리다. 대나무 이파리가 강한 비바람에 챙챙 부딪히는 소리는 차갑다. 오래된 항아리의 텅 빈 속을 적시는 가을 빗소리는 스산하다. 혼자 있는 방에서 성실하게 조잘대는 라디오나 텔레비전 소리는 미지근한 중성의 온도다. 소리를 배경으로 책을 읽고 밥을 먹고 집안일을 한다. 혼자 있을 땐 소음이 위로가 되기도 한다.

시간이 지나면 기억에 대한 온도도 변할까. 영사기를 돌려 보듯 유년의 기억이 떠오른다. 여름이 되면 어머니는 밭일하고 돌아오는 길에 억새를 등짐으로 지고 오셨다. 며칠간 모은 억새 짚단을 풀어 흙 마당 위에 가지런히 결을 맞춰 깐다. 그 위에 멍석을 깔고 저녁상을 차린다. 둥근 알루미늄 밥상 위에 고구마를 섞은 보리밥과 된장국 그리고 김치를 올려놓는다. 멸치를 넣고 끓인 강된장도 올린다. 텃밭에서 갓 따온 상추와 고추 몇 개지만 풍성하다. 밥 양푼에서 식구 수대로 숟가락이 달그락달그락 부딪친다. 쌀알보다 보리쌀과 고구마가 더 많은 밥인데도 꿀맛이다. 식구들 웃음소리와 숟가락 부딪히는 소리는 내 마음을 따뜻하게 한다.

밥을 먹고 모기를 쫓으며 멍석 위를 뒹굴었다. 식구들과 수다가 길어지고 가지런한 억새 결을 따라 달빛이 흘러든다. 푸른 억새는 밟을 때마다 사그락사그락 소리를 낸다. 밀 이삭들이 바람에 몸을 비비는 소리처럼 풀 먹인 이불 홑청에 다섯 오누이의 살을 비비는 소리, '사그락사그락' 그 소리에는 푸른 물기를 머금은 초록빛 풀향기가 났다.

세월이 흐른 어느 날, 가을 들판을 걷고 있었다. 갈색으로 변한 억새 줄기를 밟자 '바스락바스락' 마른 소리가 난다. 몸이 부서지는 소리다. 골이 빠져 속이 텅 빈 것이 바스러지는 소리이다. 그때는 왜 몰랐을까. 세상의 풍파와 삶의 무게에 눌려 어머니의 육신에 금이 가고 있다는 걸. 어머니는 조금씩 무너지고 있었다.

무거운 등짐도 거뜬히 나르던 시절, 초록 억새의 줄기처럼 어머니는 강인했다. 어머니 성정은 잘못 만지면 손을 베이는 억새잎처럼 매서운 데가 있었다. 베인 내 상처를 보느라 철이 들어서야 알았다. 어머니 마음속에 늦가을 바람 같이 스산하고 쓸쓸한 바람이 불고 있다는 걸 뒤늦게야 알았다.

빈 쌀독의 밑바닥을 긁으면 꺼엉꺼엉 울음소리가 났다. 어머니는 밥이 모자랄까 봐 먼저 숟가락을 내려놓았다. 마지막 한 톨까지 아쉬운 듯이 양푼 바닥을 긁는 아이가 안쓰러워 괜스레 목소리를 높여 일어서라고 재촉했다. 어머니의 조급한 마음은 깊은 밤에도 밭으로 달려갔으리라. 어머니는 날이 새기도 전에 마당을 뛰듯이 오갔다. 급한 마음에 음성이 커지고 거칠어졌다. 마른 억새처럼 노쇠해지는 줄도 모르고 팔월 햇볕처럼 뜨겁게 살아냈다.

어머니는 가슴에 붉은 꽃을 키웠다. 화병이다. 목소리는 컸으나 정작 하고 싶은 얘기는 못 하고 병이 됐다. 펄펄 끓는 어머니 가슴에도 우려 마시면 금세 열을 내리는 천연 해열제 하나쯤은 갖고 있었으면 얼마나 좋았을까. 노래로 눈물로 한탄 섞인 이야기로 어머니의 이야기를 듣는다. 화석처럼 굳어버린 불덩어리 위로 너울거리는 강물 소리를 듣는다.

달맞이꽃

어스름 녘에 산책을 나섰다. 가로등이 하나둘 불을 켜고 산책로를 밝히고 있다. 산책 나온 사람들의 소리가 야자 매트를 따라 둥글게 이어진다. 높고 낮게 이어지는 둥근 곡선에 사람들의 발소리가 가깝게 때로는 멀게 들린다. 엄마 손을 잡고 나온 아이들의 웃음소리, 두런두런 나누는 노부부의 목소리, 빨리 걷는 사람의 가쁜 숨소리가 앞서거니 뒤서거니 하며 지난다.

한낮의 더위가 나무 뒤에 숨었다가 고개를 내밀면 손부채질로 더위를 밀어내 본다. 후텁지근한 바람을 타고 감미로운 향기가 코끝에 와 닿는다. 코를 벌름거리며 향기를 찾아 두리번거린다. 나무 사이에 노란 꽃들이 피어 향기가 분분하다. 야들야들한 꽃잎이 달빛 조각처럼 화사하다. 꽃대를 당겨 향기를 말한다. 달맞이꽃이다. 어둠 속에 수줍게 피어 누구를 기다리고 있을까.

꽃잎을 어루만지며 며칠 전 일이 생각났다. 회사 근처를 걷고 있던 때였다. 오르막을 걷다 어느 이층집 창가에서 눈길이 멈췄다. 저게 뭐지. 옹크리고 앉아 있는 노인이다. 손질하지 않은 백발이 마른 검불 같아 보인다. 낯빛이 시든 꽃 같다. 앙상한 손으로 방범창 창살에 매달린 채로 밖을 응시하고 있다. 정해 놓고 뭔가를 보는 것 같진 않았다. 타인의 시선에도 무감각해 보였다.

집에 아무도 없는 걸까. 식사는 했을까. 먼지 섞인 공기를 마시며 낯선 사람들로부터 자신이 살아있음을 확인하고 싶은 것일까. 모두 떠나버린 운동장에 덩그러니 혼자 남겨진 아이처럼 누군가를 기다리고 있는 것일까. 답 없는 궁금증만이 오후 햇살에 길게 늘어진다.

그도 한때는 오뉴월 싱그러운 풀냄새가 나는 인생이었을 것이다. 보드라운 살결과 까맣고 또렷한 눈망울과 매끄러운 머릿결을 갖고 있었을 테지. 앉을 새 없이 하루해가 짧았던 시절도 있었을 텐데, 어이하여 저리 창가에 매달려 있는가. 사람이 그리운 것이리라. 벗 중에 몇은 요양원에 가고, 몇은 저세상으로 먼저 떠났을지도 모른다. 노인은 한층 더 창가로 붙어 앉는다. 공기를 마시러 물 밖으로 주둥이를 내미는 금붕어처럼 그의 삶이 위태로워 보였다.

마지막 순간까지 예쁜 모양으로 좋은 향기로 남아있길 바라지만 그건 욕심이리라. 젊음도 시간이 흐르면 시들고 퇴색된다. 꽃이 지고 향도 흐려진다. 흘러가 버린 것들은 누군가의 기억 안에 무형으로 수납되어 버린다.

자식들을 출가시키고 나자 어머니는 혼자 남게 되었다. 아들이 같이 살자는 말에 아파트 생활은 답답하고 감옥살이 같아서 싫다고 거절했다. 평생을 바다 냄새와 흙냄새를 맡으며 살아왔으니 쉬운 결정은 아니었을 것이다. 집안의 대소사 때는 안방과 마루에 상을 차려야 할 만큼 자식들로 북적거렸다. 자식들과 손자, 손녀들이 모두 돌아가고 나면 어머니는 또 혼자 남는다.

긴 올레 밖까지 배웅 나온 어머니를 남겨놓고 우리는 저마다 삶의 공간으로 떠난다. 웃으며 손을 흔들지만 우리는 알고 있다. 어머니가 긴 올레에 시선을 두고 기다림의 시간이 시작될 거라는 것을. 자식은 커갈수록 제 삶의 폭을 넓히며 살아가고, 부모는 자식에 대한 걱정과 그리움과 쓸쓸함이 달맞이꽃으로 피어난다.

시간이 지날수록 어머니는 자신의 건강을 걱정하는 일이 늘어갔다. 팔십 평생을 써먹었으니 허리가 아프고 걷는 게 불편해도 당연하지. 나이 드는 것을 어쩌랴. 그건 이해하고 포기하면 그만이지. "치매는 겁난다. 나 아까운 새끼들 몰라보는 일은 어서사주." 결연한 다짐과는 다르게 어머니의 목소리가 가늘게 떨렸다. 걱정도 사서 한다고, 그럴 일은 없을 테니 염려하지 말라는 말에도 미덥지 않은 눈치였다. 어머니는 바느질과 뜨개질로 당신의 불안한 마음을 기웠다.

겨울이면 종종 어머니가 떠준 빨간 목도리를 꺼내 두르고 다닌다. 바람 한 점 들어오지 않을 만큼 두툼하고 포근하다. 어느 날 목도리를 만지다 어머니가 떠낸 시간이 손끝에 걸렸다. 한 코 한 코 엮어낸 어머니의 마음이다. 자식을 생각하며 한 코, 당신의 무료한 시간을 녹여내며 한 코, 치매를 물리치고 싶은 마음으로도 코를 더했다. 어머니의 기쁨과 보람, 한숨과 눈물로 엮어낸 목도리. 그저 따뜻하다는 말로는 부족했다.

그마저도 과유불급이었을까. 눈이 침침하고 어깨가 아파서 바느질하는 일도 그만두었다. "에구에구, 사는 게 영 고약허다. 늙어갈수록 손발을 다 묶엄신게." 풀죽은 목소리로 안경을 벗어 안경집에 집어넣었다. 이것저것 거둬지고 무료한 시간만 어머니 앞에 덩그러니 남겨졌다.

달을 보며 어머니는 오래 기다렸다. 초승달 뜨는 밤에도 보름달 뜨는 밤에도 그믐밤에도 창을 열고 누군가를 기다렸다. 기약 없이 떠난 아버지였을지도, 사는 게 바쁜 자식들이었을지도, 아니면 다시 돌아오지 않을 당신의 청춘이었을지도 모른다. 기다려도 오지 않는 게 많아지는 나이다. 이제 꽃잎은 시들고 향기도 사라지고 찬바람만 군손님처럼 드나든다.

달맞이꽃은 어둠 속에 피어 기다린다. 자식을 기다리는 어머니처럼, 사랑하는 사람을 기다리는 여인처럼, 달을 쳐다보며 쪼그리고 앉아 누군가를 기다린다. 홀로 하는 사랑은 밤에 피는 꽃처럼 그리움마저 외롭다. 그리움도 외로움을 품고 기쁨도 슬픔을 품고 사랑도 눈물을 품고 살아간다.

그리움은 늙지 않는다. 여린 꽃잎을 피워 촉촉한 눈망울로 밤하늘을 올려다본다. 꽃은 초여름 밤공기에 짙고 더 짙게 향을 뿜어내고 있다. 시드는 것을 두려워하지도 않고, 사라지는 것을 걱정하지도 않는다는 듯이 향기로 살아있음을 증명하고 있다.

기다리는 게 있는 것들은 밤마다 달맞이꽃으로 피어난다.

노을 지는 마당

올레가 짧다. 도로에서 몇 걸음 들어가자 마당이 보인다. 마당도 집도 텅 비었다. 사람이 떠난 자리에 바람만이 익숙한 듯 들락거린다. 장독대가 있던 자리를 돌아 허드레한 일을 하던 물부엌 앞을 기웃거린다. 여름날 진분홍 분꽃이 피던 돌담 아래를 가랑가랑한 눈빛을 하고 어정거린다. 바다에서 올라온 바람이 집의 모퉁이를 돌다 소금기를 흘리고 간다. 군데군데 무너진 돌담이 헐겁게 집을 두르고 있다. 살아온 시간이 담장 밖으로 새 나간 탓일까. 집은 풀기 없는 얼굴로 어깨를 축 늘어뜨리고 수긋하게 서 있다.

울타리 안에 안거리와 밖거리 그리고 창고가 ㄷ자 모양으로 앉아 있다. 초가집을 슬레이트 지붕으로 고치고 벽돌을 이어 방을 늘리며 살았다. 문을 열자 들어찼던 살림을 빼버린 공간에 긁히고 얼룩진 흔적이 빤히 보인다. 부엌에 싱크대가 놓였던 자리에는 누렇게 바랜 벽지 위에 뜨거웠던 날들이 얼룩져 있다. 얼룩진 자리에 어린 시절 아궁이 앞에서 저녁밥을 짓던 친구의 모습이 식은 잉걸불처럼 희미하다.

"우리 집 잘 이서냐?"

얼마 전에 친정에 다녀왔다고 하자 친구가 자기가 살던 집도 잘 있더냐고 물었다. 친구와는 고향 마을에서 함께 자랐다. 얼마 전 오빠 내외가 유산으로 물려받은 집을 외지인에게 팔았다는 소식을 친구에게 들은 터였다. "어게. 집이 어디로 도망이라도 갔을까 봐?" 장난스럽게 대답은 했지만, 친구의 얼굴을 보니 허전한 기색이 역력했다. 친정집이 하루아침에 남의 집이 된 것이다. 섭섭하고 아쉬운 마음이 오죽할까.

어머니를 뵈러 친정집에 가는 길에 친구가 살았던 집에 들렀다. 주인이 떠난 후 텅 비어 버린 집은 스산한 폐가 같아 보인다. 아무리 큰 집도 사람 살 때 집이더라는 어른들 말이 실감 난다. 건물도 세간들도 사람 기운으로 빛이 났었나 보다. 멀쩡하던 집도 사람들이 이사 가는 순간부터 빛바랜 흑백사진처럼 힘을 잃었다.

그의 집에 놀러 가면 빨랫줄에 알록달록한 옷들이 가득 널려있던 게 생각난다. 식구 아홉이 내놓은 빨래를 하느라 어머니의 손에 물이 마를 날이 없었다고 친구는 회상하곤 했다. 바람에 너울대던 옷들이 눈에 선하다. 자식들의 몸집이 커갈수록 바지랑대가 받쳐야 할 무게도 늘었다. 매일 빨랫줄에 빨래가 가득 널렸다. 삼춘(제주어. 남녀 불문하고 동네 어르신을 이르는 말)은 바지랑대처럼 가녀린 몸으로 세상을 받치느라 사는 동안 버거웠다.

해변 농가의 마당에는 햇볕에 말려야 할 것들이 많았다. 바당에 다녀온 삼춘은 구덕(대바구니)에 바다를 지고 왔을 것이다. 우리 집 마당에도 우뭇가사리가 여름 햇살을 쐬며 허옇게 바랬다. 겨울 짧은 해에도 톳이 소금꽃을 피우고 부드럽고 반들거리는 미역은 마당에 뉘어서도 길고 미끈했다. 알맹이가 빠져나간 소라의 빈집은 돌담 아래에서 바다를 그리워한다. 소라 껍데기를 귀에 대면 쏴아 파도 소리가 나선으로 들렸다.

마당 가운데 펼쳐 놓은 멍석에는 밭에서 지고 온 곡식들을 널었다. 봄에는 보리 낟알을 널고 계절이 바뀌면 콩과 조의 이삭이 어머니의 손끝에서 수분을 날렸다. 눈을 비비며 낟알 한 알도 흘리지 않았다. 곡식 한 알도 귀하게 대하던 시절이었다. 한동네에 살며 어머니와 성님 아우 하는 사이였으니 친구네 집 마당 풍경도 우리 집과 비슷했을 것이다. 빈 마당을 보고 있자니 내 마음도 헛헛해진다.

마당이 쇠락하고 있다. 분꽃 향기가 날리던 번영의 시간은 이제 뒷전으로 밀려나 바래간다. 술기운에 알루미늄 대야를 걸

어차며 마당을 호기롭게 들어서던 친구의 아버지 모습은 마당 어디에 스몄을까. 빛바랜 잠바를 헐렁하게 걸치고 술김에 큰 소리를 치던 아버지를 친구는 오랫동안 그리워했다. 집의 생애인들 사람들의 삶과 다르겠는가. 탄생과 소멸, 번영과 쇠락이 서로 닮았다.

친구는 오빠의 형편이 어려우니 어쩔 수 없었겠지, 몇 날 며칠을 잠을 설치며 이해하려고 애썼다고 한다. 원망하는 마음은 속으로 삼켰다. 오빠네 집을 친정으로 생각하라는 친구들 말에 "오빠네 집이지, 친정집은 될 수 없는 거라."고 얘기하는 친구의 속을 조금은 알 것 같다.

혈육 간에 복닥거리며 살았던 기억이 살아 숨 쉬는 공간이 아닌가. 돌아가신 부모님과 함께했던 그리움의 공간이며, 자신의 유년 시절이 묻어있는 공간이다. 부모님이 쓰던 이불을 덮고 부모와 함께한 시간을 그리워했을지도 모른다. 힘든 날에도 그곳에 누워 있으면 '괜찮다, 괜찮다'. 집은 위로해 주었을 것이다. 형제들이 하나둘 시집 장가가서 제 사는 곳으로 흩어져 있다가도 가족이 모일 수 있는 곳이 있어서 좋았으리라.

친구가 살았던 집을 카메라에 담는다. 부모님이 살던 안거리와 자식들이 떠들썩하던 밖거리와 허드레 물건들은 보관했던 창고를 찬찬히 찍는다. 오랜 시간에도 흔들림 없이 가족들을 품어낸 집의 이곳저곳을 담는다. 어느 날 집이 헐리고 그 자

리에 멋진 건물이 들어선다 해도 영상이 친구에게 위로가 되
길 간절히 바라본다.

집이 품은 이야기를 다 담을 수 있을까. 아무리 애를 써도
네모난 기계 안으로 모두 담을 수 없다. 친구가 살아온 흔적과
복작대던 가족의 그림자가 가을 햇살에 바스스 마르고 있다.
마당이 보고 들은 수많은 이야기가 어쩌지 못하고 속절없이 석
양에 바래어 간다.

올레길

촐구덕에 호미 하나 들고 손자들 말벗으로 앞세우고 어머니가 올레길 검질을 맨다. 곱은데기(굽이) 돌아 긴 허리 드러내며 검질을 맨다. 구멍 숭숭한 돌담 아래로 봉숭아와 문주란 꽃이 풀풀 제 향기를 내뿜는 여름날, 손자는 할머니 일 돕는다고 일을 더디게 하고 할머니는 손자의 그 손짓에 웃는다.

이레 호록 저레 호록 손자의 몸짓에 "나 새끼! 영 아까운거 어디서 나와 신고?" 손자 엉덩이 독독 두드린다.

이 길은 그녀의 인생이다. 시집와서 돌담 쌓아 온전히 내 터전이다 그뭇 그어 만든 길이다. 가난한 살림 펴 보겠다고 서방님 돈 벌러 서울로 떠나던 길도 이 길이다. 흙먼지 속에 시아버지와 다섯 오뉘 끌어안고 가난을 원망하던 곳도 이 길이다. 흙먼지 날리던 어느 날 혼자 세상과 맞서 싸워야 한다는 걸 알려준 곳도 이 길이다. 먼 길 등짐 지고 달려와 돌담 짚으며 한숨을 돌리던 곳도 이 길이다.

시아버지 땅에 묻고 돌아와 실신하던 곳도 이 길이요, 딸 아들 손 잡고 입학식이며 운동회 가던 길도 이 길이다. 딸 아들 시집 장가보내며 시린 등을 돌린 곳도 이 길이다. 딸들이 손자 손녀 낳고 들어와 처음 품에 품던 곳도 이 길이다. 딸들 똑딱 구두 상할까 바당 돌멩이 지어 날라 흙먼지 잠재우고 길 가운데로 손가락 자국 남기며 시멘트를 발라 만든 것도 이 길이다. 봉숭아, 문주란을 심으며 당신의 삶에 고운 꿈을 심었다.

며칠 전 어머니는 돌담 아래로 잔디를 묻으셨다. 땅속으로 몸을 묻었던 잔디는 고운 빛을 내며 싹이 자라고 있다. 언젠가는 올레길이 돌멩이를 덮고 손가락 자국을 덮어 초록이 되리라. 이제는 돌담 구멍처럼 뼈에도 숭숭 구멍이 나서 몸 성할 날 없으나 어머니는 정성을 들이신다. 당신의 상처에 초록 잔디를 심고 계신 게다.

긴 올레길 검질을 매는 어머니, 자기도 돕겠다고 나서는 아이들 그 가운데 내가 있다. 아이들은 봉숭아, 문주란에 넋을 놓고 나는 그들에게 넋을 놓고 있다.

2부

오래된 기억을
부적처럼 붙잡고

오래된 기억

　눈이 내린다. 새벽부터 시작된 눈은 아침나절까지 멈추지 않는다. 마당에도 까만 돌담 위에도 귤밭에도 하얗게 색을 더해간다. 샛노란 열매를 주렁주렁 매달고 풍채 좋게 가지를 늘어뜨린 나무는 눈 속에서도 여유롭다. 고된 세월을 살아낸 생명이 뿜어내는 힘이랄까. 앙칼진 겨울바람에도 '이쯤이야!' 하는 배짱이 느껴진다.

　창밖으로 시선을 두며 찻물을 올린다. 잠시 후 주전자가 뜨거워진 몸을 떨며 수증기를 토해낸다. 주전자 뚜껑이 들썩인다. 뿌우우 기적 같은 소리가 가파르게 울린다. 그날도 눈이 왔다. 기억은 숨 가쁜 열차를 타고 눈 오는 이른 아침에 도착해 있다.

　여덟 살 되던 해 겨울, 며칠 동안 눈이 내려 마당이 하얀 눈

밤이 되었다. 아침 일찍 눈이 떠졌다. "빨리 일어나라. 얼른 일어나!" 기상나팔 같은 어머니의 목소리를 두어 번은 듣고서야 깰 잠이다. 정지문 틈으로 아침밥을 하는 연기가 꼬리를 길게 빼며 허공 속으로 흩어진다. 정지는 밖거리 방에 딸려있어 마당을 가로질러야 한다. 눈이 무릎까지 쌓였다. 걷는 사이에 눈이 발등을 타고 발가락 사이로 사르르 녹아든다.

　정지문을 열고 들어서다 멈칫했다. 아궁이 속 검불이 불꽃을 피우며 벌겋게 혀를 빼고 있었다. 아궁이 곁에 앉아 어머니가 남동생에게 뭔가를 먹이고 있다. 고소한 참기름 냄새가 난다. 기름 냄새가 배어있는 갈색빛이 도는 건 참새고기일 것이다. 며칠 전 이웃집에 "생이를 잡거든 두어 마리 팔아 달라."고 했다던 어머니 말이 생각났다. 나는 초대받지 못한 손님처럼 오지도 가지도 못하고 문 입구에 멀뚱히 서 있다.

　"아이고, 아까운 나 새끼." 오물거리는 아들의 입을 보며 어머니는 만족한 미소를 짓는다. 작은 날짐승의 뼈에 붙은 살점까지 발라 아들의 입속에 넣는다. 어머니의 손놀림은 자식을 구하기 위해 제물을 바치는 신성한 의식처럼 엄숙하면서도 민첩했다. 내게는 눈길도 주지 않는다. 아궁이에서 빠져나온 매캐한 연기가 마당으로 슬금슬금 빠져나간다. 어쩌지 못한 채서 있다. 고무신 안에서 꼼지락대는 맨발이 유난히 시렸다. 그 겨울, 어머니는 동생에게 참새 몇 마리를 더 구해 먹였다.

이 기억은 자란 후에도 나를 그날의 정지문 앞에 세워두곤 했다. 이해를 못 할 일도 아니다. 어머니의 심정을 모르지도 않는다. 딸만 내리 넷을 낳고 대가 끊어질 참에 낳은 아들이다. 세상 전부였으리라. 아들을 못 낳는다고 받은 수모와 설움 끝에 낳은 아이였다. 한라산 자락에 있던 영험하다는 기도원을 찾아 몇 달 동안 산신 기도를 올리고 낳은 귀한 자식이었다. 제물 구덕을 지고 차가운 새벽 공기를 가르며 어두운 산길을 올랐다. 숨 가쁘게 오르내리며 손이 닳도록 빈 덕에 얻은 아들이라 했다.

동생은 나와 두 살 터울로 태어났다. 태어나서는 몸이 약해 어머니 애를 태웠다. 돌이 지나고 일곱 달이 더 지나서야 걸었다고 하니 어머니 속이 오죽했을까 싶다. 아들을 지키기 위해 어머니는 발을 동동거렸다. 넋 들이는 할망을 찾아 공들이기는 부지기수다. 동네 약방은 물론이고 침 놓는 의원네 집 문턱이 닳도록 드나들었다. 용하다는 데는 모두 찾아다녔다. 그리고 겨울에는 보양시키려고 작은 날짐승을 구해 먹였다.

어느 날, 어머니에게 농담처럼 그날의 기억을 얘기한 적이 있다. 섭섭하고 야속했다고. 어머니는 "아이고, 나 애기야. 그걸 약으로 멕엿주(먹였지). 느 안 주젠 허여시크냐?(너 안 주려고 했겠니?)"라고 대수롭지 않게 말했다. 차별받은 모든 기억을 상기시키며 항변하고 싶었다. 하지만 그녀의 힘든 삶에 비하면 나의 상처 따위는 너무나 가벼운 것인지도 모른다. 먹을 게 귀했던 시절에, 아들을 귀히 여기던 시절에, 어느 집에서나 있을 수 있는 흔하고도 케케묵은 이야기가 아니냐.

시멘트로 매끈하게 봉합한 아궁이처럼 야속하고 섭섭했던 기억 위로 이성이라는 시멘트를 바르고 단단하게 봉해버렸다. 하지만 어머니 마음은 늘 아들에게 기울어 있고 내 가슴속에서는 미처 타지 못한 불씨가 살아나 탁탁 불꽃이 튀곤 했다.

시간은 약이고 선생이다. 벌겋게 피던 불꽃도 시간 속에서 희석되고 깎이고 사그라들게 한다. 시간은 오래된 기억을 불러내고 기억은 또 다른 기억으로 연결된다. 잊고 있었다. 연기를 핑계로 흘리던 눈물을 조용히 닦아내던 어머니 뒷모습을 외면하고 있었다. 그날도 어머니는 눈물을 닦던 손으로 콧물을 팽하고 풀어 마른 솔잎에 닦았다. 마른 솔잎은 아궁이에서 불꽃으로 활활 타올랐다. 어머니의 눈물은 그렇게 가려졌다.

내 상처를 보느라 어머니의 아픔은 외면했다. 어머니를 걱정시키지 않고 자랐다고 생각하며 지냈다. 얼마나 큰 착각인가. 당신은 배를 곯아가면서도 자식들은 굶긴 적이 없었다는 사실을 알아채던 날은 미안하고 감사해서 눈물이 흘렀다. 그 모든 기억 속에 어머니의 사랑이 있었다. 희생이란 사랑 없인 어려운 일이다. 그걸 깨닫고서야 나의 어린 영혼은 연민의 숲에서 천천히 걸어 나왔다. 나는 왜 깃털보다 가볍고 비루한 기억을 붙잡고 있었을까.

죄책감이었다. 그녀의 불행은 나 때문이라고, 내가 아들로
태어났거나 동생이 먼저 태어났더라면 좋았겠다고 생각하곤
했다. 그랬다면 삼대독자였던 아버지가 아들을 얻는다는 핑계
를 대며 우리를 떠나지 않았을 텐데, 부엌에 주저앉아 가슴을
치며 우는 어머니를 보며 나는 종종 그런 생각을 하곤 했다.

죄책감의 무게만큼 사랑받고 싶었다. "네 탓이 아니란다."
라고 말해주길 바랐다. 어머니가 나를 보며 웃어주면 내가 당
신에게 만족한 존재라는 걸 온몸으로 확인하며 느끼고 싶었다.
사소하고 소박한 사랑을 느끼고 싶었다. 나의 어린 영혼은 그
날의 오래된 기억을 부적처럼 붙잡고 그날 그곳에 오래도록 서
있었다.

차를 마시며 생각한다. 어머니도 그 시절이 그리울까. 아궁
이는 봉합하여 싸늘히 식었는데 어머니 가슴에는 당신의 젊었
던 기억과 뜨겁던 삶의 발자국들로 여전히 검불이 활활 타고
있으려나. 그날 마당으로 흩어지던 희뿌연 연기를 따라 어머
니의 젊은 시절로 가 닿고 싶은 날이다.

첫눈의 기억

　북풍이 동백나무 가지를 세차게 훑고 지나간다. 붉은 꽃이 툭툭 떨어져 시멘트 바닥 위를 뒹군다. 밤사이 내리는 눈이 명주 수의처럼 꽃 위를 하얗게 덮는다. '시절인연(時節因緣)', 모든 만남과 이별에는 때가 있다고 한다. 꽃은 바람을 만나 세상과 이별하고 눈의 품에서 다시 다음 생을 준비하는 것일까.

　몇 달 전, 아버지의 임종 소식을 문자로 받았다. "아버지 돌아가셨대." 자다 깨서 언니의 문자를 몇 번이나 반복해서 읽었다. 모르는 글자도 아닌데 말이다. 구로동 어느 병원 장례식장에서 입관을 기다리는 아버지를 만났다. 명주 수의를 입고 반듯이 누워 아무 말이 없다. 몰라볼 정도로 살이 빠진 모습이다. 시월인데 아버지의 몸은 벌써 한겨울이다. 뼛속까지 냉기가 들어 붉은 피가 돌았던 몸이라는 게 믿기지 않는다. 아버지에게 마지막 인사를 하는 동안 목이 메었다.

죽음 앞에 아버지를 미워하고 원망했던 기억들이 먼지처럼 흩어진다. 가슴에 품었던 매서운 감정들이 무기력해진다. 아버지와의 만남은 늘 첫눈 같았다. 펄펄 날리다 이내 녹아 사라지는 첫눈, 언제 올까 오래 기다린 것에 비하면 아버지는 며칠 만에 떠나곤 했다. 기다림과 만남과 헤어짐, 그 순간들이 긴 이별을 위한 연습이었나 싶다.

유족 명단에 아버지의 일곱 명의 자식과 손자의 이름이 촘촘히 적혀 있다. 그동안 부끄럽다고 숨기고 살았던 관계를 낯선 장례식장 입구에 여실히 드러내놓고 있다. 이복동생들과 어색한 해후를 한다. 손위 형제들이라고 그들은 한걸음 뒤로 물러선다. 마음을 써주는 게 고맙다. 아버지 가시는 길에 다투지 말자고 단단히 마음먹고 간 걸음이다. 아버지를 편안히 보내드리고 싶은 마음이 하나였음이다.

영정 사진 속 아버지는 건강하고 편안한 얼굴로 웃고 있다. 아버지와 내가 닮은 데가 있나. 마지막 뵌 게 언제였더라. 그래, 언니 장례식장에서였구나. 장례식장 의자에 앉아 두서없는 생각들이 들락거린다. 아버지 소식은 사촌 언니를 통해 드문드문 전해 들었다. 뇌졸중으로 두 번이나 쓰러졌고, 일 년 전부터 요양원에 계신다는 소식도 들었다. 돌아가시기 전에 한번은 뵙고 오자고 가족들과 의논하던 차였다. 코로나19로 요양원에서도 면회를 허락하지 않는 형편이라 차일피일 미루었다.

한적해진 빈소에 앉아 서로 살아온 이야기를 하고 아이들이 커가는 얘기를 나눴다. 혈육이라는 이름 아래에서 단절됐던 시간이 무색하다. 많은 이야기 끝에 우리 모두의 교집합, 아버지를 떠올린다. 같이 살아온 자식이나 멀리 떨어져 산 자식들이나 온전히 아버지와 함께하지 못했다. 아버지의 삶은 어느 곳에서도 편안하지 못했다는 걸 알게 되는 순간이다. 이상한 일이다. 아버지는 당신의 자식들이 한자리에 모일 날이라는 걸 알고 있었다는 얼굴로 조용히 웃고 있다.

아버지는 몇 년에 한 번씩 손님처럼 집에 다녀갔다. 집안에일이 있거나 친척집 대소사에 다니러 왔다. 서울 사람, 어린 마음에도 아버지를 서울에서 온 손님 같아 조심스러웠다. 툇마루에 가지런히 벗어놓은 광낸 구두와 안방 벽에 반듯하게 걸어놓은 양복이 멋지면서도 낯설었다. 양복 먼지를 털어내는 아버지 뒷모습은 떠나려고 준비를 서두르는 사람 같았다. 아버지는 흙먼지 날리는 동네와는 어울리지 않는 모습으로 며칠을 지내고 떠났다. 자신을 원망하는 아내와 어린 자식들과 켜켜이 쌓인 일상의 무게를 피해 떠났다. 그때마다 아버지는 처음 집을 떠나던 이십 대 가장의 어리고 비겁한 그 마음 그대로였는지도 모르겠다.

자라면서 평범한 아버지를 꿈꿨다. 딸 바보인 아버지는 바라지도 않았다. 육성회장직을 맡고 딸의 뒷배가 돼주지 않아도 된다. 촌부로 가난하더라도 가족 곁에 있는 아버지, 밭일로 거칠어진 손을 비벼 딸의 언 손을 녹여주는 아버지, 기특하다고 딸의 머리를 쓰다듬어주는 아버지이길 바랐다. 딸들 결혼사진 속에 앉아 있는 아버지는 의무적이면서도 무표정했다. 그 표정 뒤에 숨겨진 아버지의 또 다른 모습이 있다는 걸 시간이 지나서야 알았다.

우리가 모르는 아버지의 삶은 어땠을까. 당신이 살았던 날들 속에 이 막내딸이 애틋했던 적이 있었을까 궁금해진다. 후회된다. 아버지 덕분에 이 세상에 태어나 아이들 낳고 잘 살아가고 있으니 걱정하지 말라고, 감사하다고, 왜 좀 더 일찍 마음을 털어놓지 못했을까. 살아있을 때 울고불고해서라도 내 마음을 전할걸, 철없이 응석이라도 부려 볼걸 했다.

자식에게 부모는 인연의 시작점이다. 세상에 태어나 처음 만나는 인연이다. 부모에게서 받은 사랑과 믿음은 살아가면서 시련을 겪어도 다시 일어설 수 있게 한다. 겨울철 보리밟기처럼 세상에 단단히 뿌리내리게 다져주는 힘이다.

아버지의 삶은 자식들의 삶에 무늬를 만든다. 부모와 자식 사이가 사랑과 행복으로만 채워지지는 않는다. 더러는 부모를 향한 미움과 원망과 증오를 하며 되레 자신에게 깊은 상처를 만든다. 아버지의 삶과 마주하면 그도 상처받고 흔들리는 사람이라는 것을 알게 된다. 모든 아버지는 저마다 다른 모습으로 살아간다. 사는 형편이 다르고 삶도 제각각이라 자식들의 마음속에 '아버지'라는 이름은 만 개의 꽃으로 핀다.

눈이 녹아 어느 날은 비가 되겠지. 안개가 되고 작은 물방울로 머물러도 물은 결국 첫눈의 기억을 잊지 않을 것이다. 견고한 인연의 고리 안에서 시절 인연이 되면 다시 만날 수 있지 않을까. 아버지와 나도 그랬으면 좋겠다. 그때는 평범한 아버지와 딸로 만나길 기도한다. 시린 날 첫눈 같은 인연이 아니라 봄날 햇살 같기를.

여전히 밖엔 눈이 내리고 기약 없는 이별에 내 마음에도 겨울바람이 분다.

가시리의 봄

바람이 산천초목을 핥고 지나간다. 길가에 늘어선 벚나무
가지마다 꽃망울이 돋았다. 봄바람이 유채의 여린 허리를 감
싸고 춤을 춘다. 유채가 살랑거리며 노랗게 웃지만 억새와 잔
디는 아직 겨울 태를 벗지 못해 서러워한다. 따사로운 바람과
햇살에 근질대는 몸을 비벼댄다. 사월, 만물이 제 힘껏 싹을 틔
우고 꽃을 피우며 봄빛으로 차오르고 있다.

녹산로를 달려 가시리에 간다. 할아버지와 아버지가 태어
나 살던 곳이다. 마을 길로 들어서며 만감이 교차한다. 4·3이
일어나지 않았다면 나도 그곳에서 태어나 자랐을지도 모를 일
이다. 자라면서 중산간 마을 '가시리加時里'에 대해 종종 들었다.
해변 마을로 이주하게 된 사연과 할머니와 큰아버지에 관한 이
야기였다.

얼마 전에 궤를 정리하다 제적등본을 보았다. 이름 아무개, 언제 태어나서 언제 죽었는지, 부모는 누구고 자식은 누구인지 내력來歷이 간결하게 정리되었다. 한 생의 기록이 무미건조하고 무심하다. 태어나고 죽은 시간이 어찌 이리 간단할 수 있을까. 둥지에서 날아가 버린 새들의 흔적 같다. 사람은 떠나고 이름만 종이 위에 동그마니 남았다. 짤막한 문장과 문장, 숫자와 숫자로 기록된 삶을 더듬는다. 그들의 이야기가 궁금해진다. 그들의 삶은 어땠을까.

제적등본에서 그들의 이름을 보다가 가시리에 가봐야겠다고 생각했다. 들꽃같이 살다가 이슬처럼 사라진 사람들이다. 육신의 생은 마침표를 찍었지만, 영혼들은 고향 어딘가에 머물러 있지 않을까 하는 기대와 궁금증이 생겼다. 기록을 나침반으로 삼고 찾아 나섰다.

찾아간 주소에는 현대식 건물 두 채가 서 있다. 외지인이 산다는데 집 울타리가 넓다. 마당 건너편에는 비닐하우스도 있다. 새로 들어선 건물은 지난 일에 대해선 아무것도 모르는 얼굴이다. 과거의 아픔 따위는 말끔히 잊은 모습이다. 게으르게 하품하는 텃밭과 돌담 너머로 한눈파는 늙은 나무도 지난 광풍의 세월을 잊었을까.

울타리를 짚고 서서 할아버지와 가족들이 살았던 모습을 상상해 본다. 집터는 어디쯤 있었을까. 나지막한 초가집에 돌담으로 울타리를 둘렀을 테고, 우영도 있고, 정지랑 쇠막도 있었을 테다. 집은 남향이나 동향이었겠지. 갑마장인 마을에서 말 스무 마리 정도 키웠다는데 살림은 넉넉했을까. 이 터에서 증조부님과 조부님 그리고 백부님이 결혼하여 아이들을 낳고 살았다. 울 안에서 생명이 태어나기도 하고 죽기도 했다. 웃기도 울기도 했으리라.

집터를 보고 있자니 콧등이 시큰해진다. 할아버지가 달려 나와 반겨줄 것 같다. 어릴 적 까까머리 아버지의 모습도 보고 싶다. 삼대독자로 자란 할아버지는 성정이 느긋하고 세상 물정에 밝지 못했다고 한다. 쟁기를 메고 밭 갈러 가다가 장기 두는 사람들 틈에 앉아 하루해를 다 보냈다는 이야기, 가난한 사람에게 작은 밭을 나눠준 일로 할머니에게 두고두고 면박을 받았다는 이야기가 눈앞의 일인 듯 가깝게 느껴진다.

할아버지와 할머니 사이에 자식 여덟이 있었다. 그중에 아들 둘과 딸 둘만 살아남았다. 나머지는 걷기도 전에 병들어 죽었다. 큰아버지는 살아남은 아들 둘 중 맏이다. 외양이 잘생기고 영민하여 할머니의 사랑이 각별했다고 한다. 장성한 아들이 장가가서 귀여운 손녀가 태어났다. 사는 게 힘들고 부족한 게 많아도 어린 생명을 보며 웃음꽃을 피웠으리라. 그저 가족이 무탈하기만을 비손하는 할머니의 기도는 그해 겨울까지도 계속되었다.

1948년 겨울, 제주에 광풍이 몰아쳤다. 큰아버지 나이 스물여섯, 아버지 나이 열두 살 되던 해였다. 마을은 불타고 돌담이 무너지고 동네가 사라졌다. 뒤뜰에 늘어선 동백이 눈 위에 붉게 눈물을 떨구었다. 나무도 꽃도 들녘도 엎드려 침묵했다. 깍깍, 까마귀가 먹이를 찾아 헐벗은 팽나무에 앉아 희번덕거렸다.

큰아버지는 설오름에서 숨어 지내다 토벌대에게 잡혀 표선 백사장에서 죽임을 당했다. 잡혀 온 사람들이 두려움에 떨었다. 가족들이 보고 있었다. "어머니, 어머니, 나 살려줍서." 아들의 목소리가 칼끝 같은 겨울바람을 타고 어미의 가슴에 비수처럼 꽂힌다. 날카로운 죽창이 가슴에 박힌다. 아이고, 나 아까운 새끼. 한달음에 달려가 살려내고 싶은 어미의 통곡을 겨울 바다가 삼킨다. 시신을 수습하는 것도 두려워해야 했던 시절, 속울음으로 울던 어미들의 애끓는 울음소리가 섬에 흘러넘쳤다.

겨울 바다에 파도가 거칠어진다. 철썩철썩. 싸늘해진 육신에서 영혼들이 빠져나온다. 바다가 영혼들의 허둥대는 걸음을 품고 또 품는다. 파도가 밀려왔다 밀려가며 피로 물든 백사장을 쓸어안는다. 아픔을 위로하듯이 파도가 해변을 핥고 또 핥는다. 젊은 목숨이 차가운 바닷물에 쓸려간다. 부모님을 모시고 자식을 키우며 사는 게 꿈이었던 한 사내의 꿈이 하얀 물거

품으로 사라진다. 아비의 품을 기다리는 딸의 울음을 뒤로하고 겨울바람에 차갑게 식어갔다.

그해 겨울, 가족이 흩어졌다. 누군가는 자식을 잃고, 누군가는 아비를 잃고, 또 누군가는 부모 형제를 잃었다. 얼음처럼 차가워진 아들을 안은 할머니의 가슴에는 붉은 피멍이 들었다. 석 달 동안 피를 토하며 아들의 울부짖음을 환청으로 들었다고 한다. 그리고 끝내 검은 바다를 건넜다. 할머니 제삿날에 할머니 이야기를 하며 어머니가 소맷자락으로 눈물을 훔치곤 했다.

기억을 모아 큰아버지의 삶을 좇아본다. "피허라, 피허라." 어머니의 성화에 등 떠밀려 산에 올랐다. 살아보겠다고 굴을 파고 숨은 게 죄가 되는가. 죽는 순간까지 왜 죽어야 하는지 자신에게 물었으리라. 살아서 순이를 품에 안아보고 싶었는데, 장날엔 생선을 사서 어머니 손에 쥐어 주고 웃는 얼굴을 보고 싶었는데…. 무섭고 두려운 시절에 태어난 게 죄로구나. 살려 달라고 소리쳐보지만, 천지가 숨죽여 떨고 있구나.

모진 역사의 칼날을 피해 숨어든 동굴, 매캐한 연기에 사람도 땅도 쿨럭거렸다. 땅속에 숨어 지낸 사람들이 허연 뼛조각으로 세상에 드러나던 날, 땅은 다시 쿨럭거렸다. 생지옥을 내 두 눈으로 똑똑히 봤지, 생존자의 증언은 오랜 침묵 끝에 긴 한숨과 탄식이었다. 침묵을 강요당한 사람들이 들판에 서서 목놓아 울었다.

할아버지가 살았던 집터에서 벗어나 마을 길을 걸었다. 관광객들이 골목길을 누비고 다닌다. 아픔을 품은 동네라고는 생각하기 어려울 정도다. 즐거워 보이는 사람들로 마을이 분주하다. 살아남은 사람들이 그들과 어울려 살아간다. 우연히 할아버지와 삼촌 조카로 지냈다는 나이 든 주민을 만났다. 아버지와는 초등학교를 같이 다녔다고 한다. 큰아버지와 고모들도 안다는 이를 만나니 눈시울이 뜨거워진다. 마을 안길에 서 있는 늙은 팽나무를 보았다. 뉘 집 자손인지 묻는 얼굴로 나무가 물끄러미 내려다본다. 이 나무 아래에서 할아버지가 장기를 두셨을까. 반가운 마음에 통성명이라도 하고 싶다. 다시 오겠다는 약속을 나무에 걸어두었다.

맛있다고 소문난 식당에서 순댓국을 먹고 커피를 마셨다. 마을 곳곳에 그때의 아픔이 남아 있다. 그들의 삶을 이해하고 기억하지 않는다면 나는 관광객들과 무엇이 다를까. 시간이 지나면 고통은 줄어들고 기억은 희미해질 것이다. 책 속에서 새의 이름을 외듯이 아픈 세월을 기억할 것이다.

왜 좀 더 일찍 찾아올 생각을 못 했을까. 아버지와 할아버지의 고향이며 내 생명의 근원지이기도 한 곳을. '속솜허라', 침묵을 강요당하던 그때의 습성이 나의 무의식에도 남아 있던 것은 아니었을까. 그때의 아픔과 두려움이 답습되고 있는지도 모를 일이다. 슬프고 아픈 역사를 외면하려는 나약한 마음을 돌려세운다. 기억해야 한다. 그곳에 그들이 있었다. 가시리加時里, 골목과 골목, 사람과 사람 사이로 시간이 더해간다.

4월, 제주의 봄이 몸살을 한다. 그때를 기억한다고 마을 안 팽나무가 벙어리의 손짓처럼 가지를 휘휘 젓는다. 푸르름은 젖니처럼 잔디와 억새의 누런 둥치를 밀어 광풍이 몰아치던 대지를 덮는다. 땅은 뿌연 먼지를 풀썩거리며 뒤척인다. 아픈 역사를 살았던 사람들의 시간을 지나 가시리에 봄이 오고 있다.

낡은 구두

노을이 진다. 한여름 땡볕에 그을린 농부의 얼굴처럼 저녁 하늘이 벌겋게 달아올랐다. 해가 고단한 하루를 붉게 토해낸다. 오늘도 잘 살아냈다. 단내 나는 숨을 길게 몰아쉰다. 이른 새벽에 기운차게 시작한 발걸음은 가파른 능선을 오를 때 숨이 턱 밑까지 차올랐다. 돌 끝에 걸려 넘어지는 순간에도 일어서서 다시 걸었다. 한 걸음 한 걸음 묵묵히 걸어왔다.

제가 온 곳으로 돌아가는 것일까. 해가 바다의 품으로 천천히 내려앉고 있다. 어선 한 척이 어둠이 내리는 바다를 가로지르며 지나간다. 어부는 속도를 높여 집으로 가는 발길을 재촉한다. 소금기가 희끗희끗하게 밴 옷자락이 저녁 바람에 나부낀다. 어선은 멀어지고 엔진음만 남아 황금빛 바다에 젖는다. 아궁이에서 연기가 날리듯이 회색 구름이 홍시빛 석양에 물들어 사방으로 퍼져 나간다. 흩어진 것들은 어디로 가는 것일까. 낡고 빛바랜 시간도 노을처럼 눈부시게 아름다울 수 있을까. 해 저무는 풍경을 보며 이런저런 상념에 잠긴다.

온종일 일하느라 지친 몸을 해안가 축대에 기대고 지는 해를 바라본다. "하마터면 못 볼 뻔했어." 남편의 땀내 나는 일복을 털어주며 말했다. 남편을 졸라 해넘이를 보러 수월봉까지 달려왔다. 반드시 해넘이일 필요는 없었다. 일상을 벗어나 그와 함께할 핑계를 찾는 중이었다. "어딘가에는 일출을 보는 사람들이 있겠네." 바다를 보며 남편이 혼잣말처럼 중얼거린다. 바다 건너 낯선 세상을 동경하듯이 남편의 눈빛이 아련하다. 자유롭게 어느 낯선 도시를 걷는 그의 모습을 상상해본다. 가장이란 짐을 지고 낭만의 돛을 달고 어딘가로 간다는 것은 쉬운 일이 아니었다.

내가 보는 일몰이 누군가에게는 일출일 수도 있다는 사실을 새삼 깨닫는다. 세상 어딘가에 낯선 이들과 태양의 궤적으로 연결되고 있다고 생각하면 세상 어딘가를 향해 손을 흔들어 보고 싶다. 해가 뜨고 지는 게 하나의 선 안과 밖에 있다. 어제는 오늘로, 오늘은 내일로 이어진다. 시작과 끝이 맞닿아 있고 낮과 밤이 하나의 원을 넘나든다. 위기와 기회 또한 하나의 선 안에 있는 것일까.

바다가 일렁인다. 소슬바람에도 파도가 일고 물결이 생긴다. 바다는 한시도 멈추지 않고 움직이고 변하고 그래서 살아 있다. 물도 바위를 만나면 굽이친다. 살면서 겪는 어려움이나 시련이 삶의 전환점이 되기도 한다. 아프고 괴로운 시간도 잘 이겨내면 서로를 이해하는 기회가 된다. 우리를 성장시키고 성숙하게 한다. 고난의 시간에는 질문이 숨어 있다. 인생은 정답이 없다지만 관계를 견고하게 하는 법을 찾으라고 기회를 주는 것은 아닐까.

몇 해 전, 남편이 갑자기 말이 어눌하고 걸음걸이에 힘이 없어 급하게 병원으로 달려갔다. 응급실 침대에 누운 남편에게 의사와 간호사가 바쁘게 들락거린다. 검사 기계에서 그래프와 숫자들이 불안한 말들을 쏟아낸다. 환자복 차림의 그는 멍한 표정으로 내 손을 잡는다. 응급실 침대에 누워 입원실로 옮겨졌다.

남편의 짐을 챙기다 바닥에 뒹구는 그의 낡은 구두를 보았다. 침대를 옮기는 사이 누군가의 발에 차인 모양이다. 당황하여 허둥대는 남편의 마음을 줍듯 신발을 집어 들었다. 구두를 꼭 쥐고 병원 복도를 뛰다시피 걷는다. 구두에는 걸음걸음 숨 가쁘게 달려온 남편의 시간이 주름져 있다. 구두 가죽의 질감은 세파에 낡고 바래고 구겨졌다. 감싸고 품어 주느라 자신의 모습을 허물었다. 그동안 구두에 쌓였던 가장의 발걸음이 얼마나 무겁고 고단했을지. 남편을 쓰다듬듯이 골이 진 구두를 닦고 또 닦는다. 신발을 병실 침대 밑에 가지런히 두었다. 링 거병에서 포도당 수액이 눈물처럼 똑똑 떨어져 내리고 있었다.

잠든 그를 물끄러미 바라본다. '언제부터 건강에 문제가 생긴 걸까. 분명 신호가 있었을 텐데, 사는 게 바빠 느끼지 못한 거겠지.'라고 생각하며 지난 시간을 되짚는다. 농사를 짓는다는 이유로 가족과 떨어져 지낸 시간, 가장으로서 단단한 울타리를 만드는 시간, 제 몸이 축나는 줄도 모르고 미련스럽게 견뎌온 시간이 그의 삶 속에 주름져 있다. 애써 강한 척, 괜찮은 척, 먼지처럼 쌓인 초라한 순간, 망설이고 꼬깃꼬깃 숨기고 싶은 순간이 주름과 주름 사이에 가려져 있다. 저 주름을 펴기 위해 얼마나 많은 사랑이 필요할까.

일주일 정도 입원하면서 몸을 추스르고 퇴원했다. 남편이 아픈 이후에 내게도 변화가 생겼다. 결혼하고 평행선처럼 달려오며 그와 함께한 시간이 거의 없다는 게 후회됐다. 같은 시간을 살아도 공유하는 기억이 없다면 남남과 다를 게 없다는 생각이 비로소 들었다. 다니던 회사를 그만두었다.

함께한다는 것은 어떤 걸까. 너의 보폭에 맞춰 내 걸음의 속도를 맞춘다. 함께 손을 잡고 밤공기를 쐬고, 국이 싱겁다, 삼삼하다 언쟁을 하고, 대중목욕탕 앞에서 우유를 마시고 아이처럼 함께 웃는 것. 너무나 가볍고 소소해서 기억하지 않으면 아무것도 아닌 것 같은 순간들을 함께하고 기억하는 것이다. 그 순간들을 기억하고 함께 있어 주는 것이다.

남편을 도와 낮에는 과수원에서 일하고 밤에는 함께 운동과 산책을 한다. 이런저런 얘기를 나누다 다투고 화해하기를 반복한다. 싸우고 화해하면서 그동안 모르던 모습도 조금씩 알아간다. 내가 그에게 상처를 주고 있었다는 것도 알게 된다. 부부는 가장 가까운 존재일 수도 가장 낯선 존재일 수도 있다. 그동안 알지 못하고 지낸 속 깊은 이야기를 하면서 이제 진짜 그를 알아간다고 느끼곤 한다. 우리는 서로에게 물들고 있다. 텃밭에 상추와 고추, 수박과 참외 같은 채소 모종의 크기만큼 작고 소소한 즐거움들이 다양한 빛으로 자란다.

남편의 검사 결과를 기다리던 시간은 느리게만 느껴졌다. 그저 평범한 일상을 살 수 있게 해 달라고 기도했다. 아무 일 없을 거라고 남편을 위로하며 나 자신에게도 희망을 주던 시간이다. 편하고 익숙하다는 건 얼마나 감사한 일인가. 부부는 서로에게 주름을 새기는 관계이다. 살다 보니 신혼의 풋풋함은 가뭇없이 아득하다. 아침 바람처럼 가볍고 상쾌하지도 않다. 노을이 먼지 사이에 번지는 빛이라던가. 웃고 울고 즐겁고 힘든 기억의 조각들이 모여 붉게 물드는 저녁노을처럼 아름답게 기억되는 것이리라.

남편의 주름진 구두를 어루만진다. 구두에 배인 남편의 땀과 눈물 그리고 그의 고뇌를 쓰다듬는다.

담쟁이 발걸음

도심 뒷골목을 마른 바람이 쓸고 지나간다. 네거리 모퉁이에 있는 카페 안으로 들어섰다. 카페는 작지만 조용한 분위기로 혼자 시간을 보내기에 안성맞춤이다. 건물 전체를 담쟁이가 덮고 있는 모습이 좋다. 회백색 건물들 사이에 홀로 푸른 옷을 입은 듯하다.

담쟁이 모습은 다양하다. 잎이 풍성한 여름에는 푸른빛 비단을 두른 듯하다. 새색시의 치맛자락처럼 초록빛으로 나풀거린다. 바람이 거세게 부는 날은 벽 전체가 갈맷빛 물결로 출렁인다. 담쟁이의 굵고 가는 줄기는 날짐승의 뼈대처럼 유연하면서도 단단하다. 금방이라도 바람을 타고 하늘로 날아오를 것만 같다. 그 기세에 반하여 한참을 서서 바라보곤 한다.

잎을 떨군 담쟁이는 앙상한 모습으로 벽에 붙어 지낸다. 살점 없이 뼈대만 드러낸 짐승의 모습처럼 처연하다. 겨울바람이 그의 등줄기를 쓸고 지나갈 때 더욱 스산한 기분이 든다. 하지만 어떤 날은 땅에서 뻗어 나온 혈관 같아서 달리기 출발선에 선 것처럼 팽팽한 긴장감이 느껴진다.

카페 창가에 앉아 카모마일 한 잔을 주문했다. 차 향기가 처음 왔던 날을 떠올리게 한다. 사직서를 쓰고 책상 서랍에 넣어 놓고 나온 날이었다. 심란한 내게 담쟁이가 들어와 쉬라는 듯이 초록빛 손짓을 했다. 차를 마시며 생각을 정리했다. 고민은 욕심에서 생겨난다는데 가정일과 회사일 사이에서 어느 욕심을 내려놔야 할까. 잦은 야근 때문에 아이들 돌보는 일로 고민이 많던 시기였다.

창문을 열자 선선한 공기가 훅하고 밀려온다. 일상의 소음과 옆 식당에서 풍겨오는 음식 냄새도 따라 들어온다. 방충망 군데군데에 까맣게 말라붙은 것이 눈길을 끈다. 가는 뿌리처럼 보이는 것들이 철망을 움켜쥔 채 말라 있다. 동그랗고 쪼그맣다. 조그맣고 까만 흔적 위로 담쟁이 여린 줄기들이 조심스럽게 걸음을 내놓고 있다.

담쟁이의 덩굴손이다. 옅은 갈색이 도는 가는 줄기가 조그마한 이파리를 달고 방충망 위를 천천히 가로지르고 있다. 줄기에 좁쌀 크기의 빨판 같은 게 붙어있다. 청개구리 발가락처럼 생겼다. 흡반(吸盤)이다. 다른 동물이나 물체에 달라붙기 위한 기관이다. 담쟁이 흡반은 여린 줄기와 잎이 잘 자랄 수 있게 뿌리 역할을 한다. 흡반이 바닥을 지지하면 다시 새로운 잎과 줄기가 자라며 마디를 이룬다. 철망 위에 말라죽은 것은 아슬아슬한 걸음들의 흔적이다. 쉬지 않고 딛는 걸음들이 모여 담쟁이의 푸르른 기세를 만든다. 누군가의 본모습을 보고 싶다면 그의 고단한 일상을 들여다봐야 한다.

담쟁이는 의지할 것을 가리지 않는다. 뿌리를 내리는 곳이 그들의 영토가 된다. 삶과 죽음, 낭만과 현실 사이를 잇는 밧줄처럼 줄기를 뻗는다. 평면이건 수직이건 어떤 방향으로든 줄기를 뻗는다. 뿌리를 내리면 어디든 타고 오른다. 암벽은 물론 나무줄기나 건물 외벽, 울타리나 돌담 위도 걷는다. 새벽을 시작하는 서민들의 발걸음처럼 쉬지 않고 온 힘을 다해 나아간다.

팍팍한 현실에서 위태롭고 절박한 게 어디 담쟁이 발걸음뿐이랴. 첫차를 타고 가서 막차에 몸을 싣는 일용직 노동자들, 피곤한 몸을 이끌고도 아침이면 출근해야 하는 가장들, 어린 나이에 가장 역할을 해야 하는 소년 소녀들, 보육원을 나와 어른으로 살아야 하는 젊은이들, 힘든 일상을 살아가는 많은 이들의 삶 속에도 간절함과 절박함이 녹아있다.

스물하나에 결혼하고 세상 물정 모르고 살다 세 아이를 혼자 키우게 됐을 때, 언니의 심정이 그러했을 것이다. 하루에 시간제 일을 서너 개씩 하며 억척스럽게 아이들을 키워냈다. 아

침이 오는 게 두려웠다고 그녀는 소주잔을 기울이며 지난 이
야기를 했다. 날이 밝으면 다시 세상으로 나가야 하는 언니의
어깨를 삶의 무게가 무겁게 누르고 있다.

　때로 가족이라도 서로의 아픔을 모르고 살아간다. 가족이
나 혈육보다 더 허물없이 지내는 친구나 동료에 기대어 힘든
시간을 견디며 살아가기도 한다. 그들의 손을 잡고 어깨에 기
대어 일어선다. 내일은 오늘과는 다를 거라는 믿음으로 꿈을
향해 또 한 걸음 내딛는다. 그녀는 불안한 현실 속에서도 푸른
희망을 향해 나아갔으리라.

　어느 날, 흰 봉투에 '사직서'라고 썼다. 쉼 없이 달려온 시간
에 대한 마침표이다. 마지막 순간에 날릴 비장의 무기이기도
하다. 생각만으로도 팽팽한 줄을 끊고 날아가듯 홀가분해진
다. 하지만 아직은, 아직은, 하며 책상 서랍에 숨겨두었다. 많
은 이유를 저울에 바꿔 달아도 눈금은 늘 먹고사는 문제에 기
울었다. 봉투를 만지작거리다 다시 서랍에 넣는다. 더 나은 내
일을 봉투 속에 꾹꾹 밀어 넣는다.

　　물 한 방울 없고 씨앗 한 톨 살아남을 수 없는

　　저것은 절망의 벽이라고 말할 때

　　담쟁이는 서두르지 않고 앞으로 나아간다

　　　　　　　　　　　　　　　　-도종환의 「담쟁이」 일부

시인의 말처럼 현실은 절망의 벽이고 허공 속을 걷는 한 자국의 걸음일지 모르겠다. 담쟁이는 절망의 벽을 쉼 없이 기어오르고 있다. 상처를 봉합하듯 허물어지고 무너지는 것을 끌어안는다. 살아있는 것들은 모두 벽을 넘고자 한다.

하나의 뿌리에서 시작하여 수백의 줄기로 수천 개의 마디로 벽면을 채운다. 붉은 갈색빛의 어린 이파리는 전장의 깃발처럼 바람에 흔들리며 앞으로 나아간다. 모세혈관처럼 퍼져있는 줄기의 번식은 삶의 터전을 지켜나가는 성실한 도전이다. 가파른 현실을 견디며 때를 기다린다. 그들은 세상의 벽에 단단히 붙어있다. 마디가 끊기면 다시 어딘가에 뿌리를 내릴 것이다. 경계를 지우고 한계를 넘는 건 삶의 확장이다. 벽을 타고 담을 넘는 담쟁이의 담대함과 부지런함 그리고 끈질김에서 강한 생명력을 느끼게 한다. 현실을 견뎌내야 푸른 꿈을 피워낼 수 있다.

고난의 시간을 살아낸 이들의 얼굴에는 푸르른 생명력이 있어 좋다. 투박해진 손가락 마디와 얼굴의 주름 사이로 견디고 살아낸 시간이 모여 눈이 부시다. 그들의 걸음은 연대의 행렬이다. 담쟁이가 푸른빛으로 반짝인다. 자신의 삶을 포기하지 않고 지켜나가는 모습이다. 최선을 다해 살아가는 누군가의 얼굴이다.

지난 시간을 돌아보면 사랑하는 사람들의 어깨에 기대고

그들의 손을 잡고 살아온 세월이다. 멈추지 않고 한발 더 나아가는 용기가 필요했던 순간들이었다. 열심히 내딛는 발걸음으로 살아간다면 돋보이지 않는 삶인들 어떤가.

우두커니

전시회장 안을 산책하듯이 걷는다. 자연과 더불어 살아가는 사람들의 모습을 담은 작품들이다. 그림 공부를 하고 첫 작품을 걸었다고 마흔 초반으로 보이는 여성이 수줍게 웃는다. 그녀의 작품은 호젓한 산길 풍경이다. 초록색 나무가 빼곡하다. 개울가를 따라 들풀이 둔덕처럼 돋았다. 붓 자국마다 물소리와 들풀 내음이 가득하다. 조명이 봄날 햇살처럼 그녀의 그림 위를 비추고 있다.

첫 작품을 걸기 위해 많은 날을 자신과 마주했으리라. 솜털에 싸여 추운 겨울을 보내고 피어난 목련 같은 그녀의 꿈을 본다. 등단하기 위해 글을 쓰고 고치기를 반복하던 내 모습이 떠오른다. 마음에 웅크리고 있던 이야기들을 꺼내 글을 쓰며 용기를 냈다. 긴장되고 설레던 시간이 생각나서 슬며시 웃음이 난다.

전시회장 모퉁이를 돌았다. 생경한 걸 발견이라도 한 것처럼 어떤 작품 앞에 섰다. 숲길에서 있는 젊은 여자, 아니 여학생인가. 하반신이 그려진 그림 앞에서 궁금한 게 쏟아진다. 액자 속의 그녀를 본다. 하얀 운동화를 신고 푸른빛이 선명한 청바지를 입고 있다. 늦여름 비였을까. 가지런히 말아 접은 우산을 의지해 그녀는 길 위에 홀로 서 있다.

발아래 물웅덩이 안에 그녀의 모습이 보인다. 그녀의 머리 위로 미처 비를 털어내지 못한 구름이 심술 난 어린아이처럼 느리게 지나간다. 구름 사이로 때늦은 햇살이 늘어지게 기지개를 켜고 있다. 그녀는 잿빛 구름 사이로 섬광처럼 빛나는 하늘을 이고 있다.

그림 제목이 '우두커니'다. 제목이 작가가 던지는 질문처럼 느껴진다. 우두커니 서 있는 그녀의 시선 너머에는 무엇이 있을까. 그녀를 통해 무엇을 보길 원했을까. 화가의 생각이 궁금해 그림 앞으로 한 발짝 더 다가선다.

그녀의 모습을 그려본다. 스물대여섯 살 정도로 몸매가 가늘고 다소 냉소적으로 보이는 듯한 표정이다. 긴 머리카락을 하나로 올려 묶은 탓에 흰 목덜미가 훤히 드러나 보인다. 프린트가 있는 흰색 반소매 티셔츠와 청바지를 입고 있다. 손잡이가 솜털처럼 허옇게 일어난 낡은 우산을 가지런히 말아 쥐었다.

우산 끝에서 떨어진 물방울이 흙물로 얼룩진 그녀의 흰 운동화 안으로 스며든다. 신발창 바닥에 붙어 있던 진흙 덩이가 헐어빠진 밑창처럼 툭 떨어져 뒹군다. 그녀는 자신을 찌르듯이 우산 끝으로 흙덩이를 쿡쿡 찔러 생채기를 낸다. 고개를 들어 하늘을 보며 길게 숨을 내쉰다.

취업 준비가 힘들어 잠시 쉬러 나왔을까. 통장 잔고가 바닥나 당장 다음 달 월세가 걱정거린지도 모르겠다. 어쩌면 사랑하는 사람과 헤어져 상심하고 있거나 아니면 그리움을 달래는 중일 수도 있겠다. 아니면 사랑하는 사람을 떠나보낸 슬픔을 덜어내고 있는지도 모를 일이다. 삶의 의미를 찾고자 자신에게 질문을 던지는 중일 수도 있지. 우두커니 서 있는 그녀의 어깨 위로 긴 한숨이 들락거린다.

'우두커니'는 멈춤의 의미다. 마음에서 생긴 통증에 몸이 무의식적으로 반응하는 것이다. 동시에 몸을 쉬게 하려고 마음이 보내는 신호이기도 하다. 어떤 이유에서건 마음을 살피고 자신을 위로하며 다독이려 멈춰 선 시간이다. 바쁜 일상에서 숨 고르기를 하기 위해 자신에게 주는 짧은 휴식 시간인 셈이다. 다시 달리기 위해 잠깐 멈춰 세운 시간이다.

그러고 보면 내게도 그런 시간이 있었다. 먼저 떠나보낸 손위 언니에 대한 허전하고 그리운 마음이 그렇게 찾아들었다. 나의 마음도 나를 우두커니 멈춰 세웠다. 마지막 인사도 나누지 못하고 언니와 이별했다. "죽음의 길이 여기 있으매 두려워, 가노라는 말도 채 못하고 가는가." 「제망매가」의 구절을 읊조리며 다녔다. 그리움이 향가 한 자락을 잡고 맴돌았다. 삶과 죽음은 무엇이며 인연은 어떻게 오는가. 어느 가을, 서쪽 하늘에 나의 물음이 붉게 타고 있었다.

우두커니 멈춰 서는 순간은 예고 없이 찾아온다. 눈부시게 파란 하늘을 보다가, 구부러진 숲길을 지나다가 찾아온다. 언니가 자주 흥얼거리던 노래를 듣다가, 어느 겨울 저녁 가로등 밑에서 사선으로 내리는 눈을 보다가, 언니랑 자주 들렀던 초밥집 앞을 지나다가 나도 모르게 우두커니 멈춰 서 있었다. 언니의 휴대전화를 열어 전화번호를 누르다가 멈춰 섰다.

어느 깊은 밤에 홀로 깨어 생각한다. 내게 온 모든 인연은 신이 주신 선물이었다는 걸 깨닫는다. 더 많이 사랑하지 못한 걸 후회하며 혼자 우두커니 앉아 있다. 허공에 소식을 전하며 한참을 울다가 실없이 웃고는 다시 일상을 살았다.

그림에서 두어 걸음 뒤로 물러선다. 그림이 다시 보인다. 물웅덩이 안에 그녀가 보인다. 그녀는 우산을 마법사의 지팡이처럼 짚고 거인처럼 서 있다. 푸른빛이 섬광처럼 빛나는 하늘을 보며 그녀에게 응원의 말을 보내주고 싶다. 언젠가 당신 안의 거인이 깨어나는 날이 올 거라고, 잘하고 있다고. 우두커니 멈춰 선 시간을 깨고 자신의 삶을 살아가게 되길 기도한다.

우두커니 서서 내면의 시선을 따라가면 아픈 상처와 만나게 될지도 모른다. 슬픈 기억이나 좌절된 꿈과 불안한 미래와 만날 수도 있다. 하지만 멈춰 서서 자신의 내면의 소리에 귀 기울여 보아야 한다. 온전히 자신과 마주하는 시간을 가져야 한다.

우두커니, 낯선 그녀 앞에서 한참을 서성거린다. 액자 밖으로 향한 그녀의 시선과 마주 서 있다.

할마님아, 할마님아!

어느 날 밤, 자려고 누웠는데 어디선가 아기 우는 소리가 들린다. 갓난아이의 울음소리다. 아랫집 부부의 손녀인 듯하다. 며칠 전 딸이 아이를 낳고 몸조리하러 왔다는 소식을 전해 들었다. 밤은 깊어가는데 아기는 계속 운다. 걱정되는 마음에 잠이 오지 않는다. 아기가 태어나서 잘 먹고 잘 자는 것만으로도 얼마나 고마운 일인가.

아이들을 키울 때 잠투정이 심하거나 이유 없이 울면 어찌할 줄 모르고 같이 울었던 기억이 난다. 산모와 아기를 생각하니 덩달아 조바심이 난다. "할마님아! 할마님아! ㅎ다 설운 애기 ㅈ둘리지 말앙 돈밥 먹게 헙서. 돈잠 자게 헙서." 돌아누우며 습관처럼 중얼거린다. 아이에게 젖을 먹이고 재우면서 수없이 했던 말이다. '할마님' 하고 부르면 막연히 의지가 됐다.

본 적도 없는 어린 생명을 위해 할마님에게 무탈과 안녕을 빈다.

할마님은 삼신할망을 이르는 말로 삼승할망 신화와 닿아 있다. 신화에는 생명의 잉태와 해산을 돕는 삼승할망과 명이 다한 아기를 저승으로 보내는 저승할망이 있다. 저승할망은 심술을 부려 태어나는 아이에게 해를 주기도 하고 대접에 소홀하면 아기의 몸이 불덩이가 되어 사경을 헤매게도 한다. 이때 삼승할망이 맛있는 음식과 떡으로 상을 차려 저승할망을 달래면 아이는 다시 건강해진다고 한다. 할망 간의 긴밀한 관계와 인간적인 면을 느낄 수 있다.

아기가 태어나고 삼칠일 전에는 사람이 드나드는 것을 삼갔다. "애기가 잘도 곱다.", "밤역시 안행 잘 잠시냐?" 같은 말도 삼신할망이 샘을 낸다고 아기 앞에서는 못 하게 했다. 낮에는 잘 놀다가도 밤에 울며 보채는 걸 어른들은 '밤역시 한다'고 했다. 그러면 침을 맞히기도 하고, 심한 경우 용하다는 곳을 찾아 넋들이기를 하거나 방쉬를 하기도 했다. 보이지 않는 세상과 그곳에 머무는 신이 있음을 믿으며 인간은 생명 앞에 겸손해졌으리라.

어머니는 오랜 정성과 기도 끝에 아들을 얻었다. 딸 넷을 낳고 얻은 아이는 허약하여 자주 아팠다. 아들을 잃을까 노심초사했다. 아기가 밤마다 울어 며칠을 고생하고 있던 때였다. 낯선 할망이 지나가다 우리 집에 들어왔다. 할망은 낮잠 자는 아기를 보며 말한다.

"애기가 밤역시로 고생허염구나게. 상갓집에 댕겨 난 사람이 애기보레 왔다 가신 게. 애기어멍이 배고픈 사람한테 밥 준 공덕으로 고라줍수다. 나가 고라주는 대로 방쉬를 헤봅서." 아무도 모르게 남의 집 부엌에서 밥주걱을 가져다가 애기구덕 사이에 놔주면 효험을 볼 거라고 했다. 그날 저녁 어머니는 친척 집에서 밥주걱을 몰래 들고나왔다. 그의 처방대로 애기구덕 사이에 넣고 밤을 보냈다. 신기하게도 그날 밤 이후 아기는 단잠을 자더란다.

열두어 살까지는 '넋들이기'를 했다. 넋들이기 준비는 단출하다. 마루 가운데 작은 제사상을 펴고 물이 담긴 바가지와 생쌀 한 그릇을 올린다. 넋 들이는 할망은 옆집에 사는 삼백이 어멍이라는 분이었는데, 몸집이 푸근하고 인정이 좋았다. 하얗게 센 머리카락을 은색 비녀로 쪽을 지고, 한복을 차려입은 할망은 의식을 시작한다.

아이를 상 앞에 앉히고 시선은 먼 곳을 향한다. 운율을 섞어 허공에 주문 같은 말들을 한다. "바당물에도 눌레곡, 낭에서 털어져도 눌레곡, 안 볼 거 보앙도 눌렙네다. 다 씻어줍서."

그는 아이의 이름을 세 번 부르고는 "어마 넉들라! 어마 넉들라!" 바가지의 물을 푸우하고 정수리와 가슴과 등 쪽으로 세 번 뿜는다. 그리고는 정수리에 숨을 세 번 불어넣는다.

넋들이기가 끝나면 그는 아이의 머리와 가슴을 쓸어주며 당부하듯이 말을 한다. "할마님아! 할마님아! ᄒ다 설운 애기 ᄌ둘리지 말앙 ᄃ밥 먹게 허곡 ᄃ좀 자게 헙서." 할망의 말을 들으며 어머니와 아이는 안도한다. 효험을 본 신기한 경험은 신화나 전설처럼 부풀려지기도 하고 신성시되기도 한다.

고대부터 생명의 잉태와 아이의 건강과 평안을 관장하는 신이 있다고 믿었다. 그래서 한 생명이 잉태되고 탄생하는 과정을 모두 신성하게 여긴다. 요새는 시설에서 산후 몸조리하는 때라 삼칠일을 지키기가 어렵다. 넋들이기나 방쉬를 하는 일은 미신이라고 치부할 수도 있다. 하지만 지금도 넋들이기에 용하다고 소문난 곳에는 새벽부터 줄을 선다. 어린 생명을 지키고 보호하는 데 미신이면 어떤가. 생명에 대한 신성함과 새 생명을 보살피고 지키고자 하는 간절함으로 무릎을 꿇고 앉아 두 손을 모아 기도한다.

의료기술이 좋아져 삼신할머니가 점지해주는 대신 의술로도 아이를 갖는 시대다. 과학은 발달하고 인간의 수명은 길어졌다. 생활은 편하고 화려해졌다. 결혼관에도 변화가 생겼다. 결혼은 해도 아이는 낳지 않겠다는 이들도 많아졌다. 경제적인 문제도 있지만 아이 없이도 공통의 취미 생활을 하며 둘만 행복하게 살고 싶다는 생각을 한다. 개인의 행복이 결정적 기준으로 자리한다. 한 생명을 낳고 키우는 일은 희생과 사랑을 거름으로 하여 온전한 존재로 꽃을 피워내는 일이다. 이것이 개인의 행복보다 못한 일인가 생각하면 씁쓸해지곤 한다.

시대가 바뀌어도 변하지 않는 중요한 가치는 무엇인가. 생명에 대한 사랑이다. 연약하고 어린 생명을 소중히 여기는 마음이다. 올 초 양부모의 학대와 굶주림으로 세 살도 안 된 나이에 세상을 떠난 아이의 뉴스가 한동안 떠들썩했다. 팔다리에 멍 자국과 눈물로 얼룩진 아이가 굶주려 죽었다는 소식은 많은 이들을 분노케 했다.

아이들의 고통이 어디 그뿐인가. 세상 어디에나 아이들의 울음소리는 많다. 굶주려 울고 버려져 울고 매 맞아 운다. 전쟁과 기아, 학대와 폭력 그리고 많은 이유로 어린 생명이 오월 끝자락 꽃잎처럼 떨어져 사라진다. 무엇으로 이들을 구할 수 있을까. 거나한 굿판에 올려 풀어나 볼까. 자연은 열매를 위해 꽃을 떨구는데 인간들의 비정함 끝에는 상처뿐이다. 인간들의 이기심과 비양심과 인간성 타락의 시대에 할마님은 돌아앉은 것인가.

간절하게 할마님을 부른다. 건강한 육체 안에 맑고 바른 영혼이 깃들라고 비손한다. 어린 생명에게 나쁜 기운을 거두시고 몸과 마음의 건강을 지켜주십사 바람을 담아 찾는다. 할마님아, 할마님아!

농와당(農瓦堂)

제비들이 돌아왔다. 제비 한 쌍이 건물 주위를 날아다닌다. 저마다 집 지을 곳을 찾으러 다니느라 분주하다. 어떤 부부는 벌써 자리를 잡은 모양이다. 무슨 이야기를 나누는지 지지배배 지지배배 아내의 잔소리가 담장을 넘는다. 이동하며 사는 그들에게도 집을 짓는 일은 매우 중요하다. 비바람을 피할 수 있는 터를 고르고 가족이 안전하게 지낼 수 있게 부부는 힘을 모은다.

지난해 봄, 제비가 조립식 건물 좁은 처마 아래에 집을 지었다. 지푸라기와 진흙을 섞어 만든 그들의 소박한 보금자리다. 그곳에서 알을 낳고 먹이를 물어다 새끼들을 키웠다. 새끼들의 노랫소리가 한적한 시골 풍경에 생기를 불어넣는다. 초가을 어느 날 그들은 떠났다. 제비집은 눈비에 떨어지고 있던 흔적도 차츰 지워진다. 소유하지 않고 자유롭게 살아가는 삶의 방식이 가벼워 보여서였을까. 든 자리든 난 자리든 가벼이 떠나고 다시 돌아올 수 있는 그들의 삶이 부러웠다.

귤밭 한쪽에 집을 지었다. 크기는 스무 평 남짓 된다. 시아버님이 집 짓고 살면 좋겠다고 말씀하시던 데에 터를 잡았다. 집 짓는 내내 아버님 생각이 났다. 살아계셨다면 아들과 며느리에게 애썼다고 하시며 환하게 웃어주실 모습을 생각하니 코끝이 찡하다.

새 집은 지붕에 노을빛이 도는 기와를 얹고 돌창고 곁에 엉덩이를 비집고 앉았다. 띄엄띄엄 있는 이웃집들과 비닐하우스들 사이에 조용히 앉은 모습이 부끄러움이 많은 새색시 같다. 시집와서 낯선 동네를 살피던 때처럼 집은 시골 풍경을 살피느라 조용히 두리번거린다. 집 뒤편으로 낮은 오름이 보인다. 오름 발치에 밭들이 조각조각 누웠다. 밭마다 푸른빛이 넘실댄다. 밭담이 까만 실로 촘촘하게 박음질한 모양으로 경계를 짓는다. 시멘트로 헐렁하게 포장한 고샅길이 구불거리며 오름을 향해 나 있다.

새 집은 낯선 환경에 적응해야 한다. 흙바람과 뜨거운 햇빛과 거름 냄새에 익숙해져야 한다. 스스럼없이 들어와 안부를 묻는 이웃집 어르신들도 곧 편안해질 것이다. 새색시가 중년 부인이 되고 한 해가 다르게 주름살이 늘어가듯, 집도 새 티를 벗고 사람 숨결을 품은 공간으로 변해갈 것이다.

남편을 따라 시댁 동네로 이사한 지 사 년이 넘는다. 아이들을 키우고 직장생활 할 때는 시내에서 살았다. 아이들을 뭍으로 대학 보내고 남편의 생활터로 살림을 옮겼다. 결혼하기 전엔 작은 단칸방에서 자취를 하며 해마다 이삿짐을 쌌다. 결혼하고 친정살이 십 년, 시내에 있는 빌라에서 또 십 년을 넘게 살았다. 생활 터전을 찾아 여러 번 옮기며 살았다. 돌고 돌아 내 자리를 찾아온 기분이다.

집을 짓기 위해 첫 삽을 뜨기 전, 토신제를 지냈다. 조상님께 감사한 마음으로 절을 올린다. 화목하고 건강한 기운이 넘치는 집을 허락하시길 토신께도 간절한 마음으로 빌었다. 아침 해가 어둠의 장막을 걷고 지상을 환하게 밝혀주고 있었다.

집을 짓는 과정이 생각보다 만만치가 않았다. 경비는 제쳐두고서라도 설계도를 그리고 건축허가를 받는 데도 몇 달이 걸린다. 먼저 집 짓고 사는 친구를 만났다. 집을 짓기 전에 알아봐야 하는 게 뭔지, 어떤 구조가 편한지, 창의 크기와 위치는 어떻게 하면 좋은지 친구는 자기 경험을 통해 세세한 것까지 알려준다. 고개를 끄덕이면서도 막막했다. 마음이 무겁기만 하다. 집짓기에도 공부가 필요하다는 걸 실감했다.

욕심을 내려놓기가 쉽지 않다. 예산에 맞춰 짓다 보니 내가 원하는 대로 되지 않아 못마땅했다. 집 짓는 얼마간은 간섭도 해보았다. 친구 집과 비교하면서 이왕 짓는 거 돈 좀 더 쓰면 어떠냐고 남편을 몰아세운 날도 있다. 남편과 의견이 달라 말다툼을 하기도 했다. 집을 짓고 나면 십 년은 늙는다는데, 주름살이 깊어지는 남편을 보며 '그림 같은 집'은 포기했다. 살기 편하고 따뜻한 집이면 된다고 마음을 다독인다.

집을 짓고 보니 친구의 조언대로 된 것이 없는 듯하다. 집의 외양이나 구조도 평범하기 그지없다. 벽지나 가구도 무난하다. 집은 통풍이 잘되고 볕이 잘 들면 제일이라고, '단단'하고 '무난'하게 지어달라고 주문했던 그대로다. 집은 짓는 순간부터 주인의 생각과 철학과 소신이 담긴다. 살기도 전에 집이 주인의 성격과 삶의 방식이랑 닮았다. 자연 속에서 도드라지지 않고 이웃과 어울려 살아가고 싶은 마음이 은연중에 스며있다. 소박하게 주변과 어우러진 모습으로 지어진 게 되레 다행이란 생각이 든다.

화려하진 않지만 단단하게 버티고 서서 세상을 살아갈 수 있다면 얼마나 다행인가. 누군가를 따뜻하게 품어주고 넓은 품을 내어주는 이의 모습처럼 걸치레 없이 단순하고 소박하다. 집은 제 형편과 살아가는 방식에 맞춰 짓고 살아가는 게 순리라는 생각이 든다.

집은 어제와 내일을 연결하는 공간이다. 어제의 이야기를 하며 오늘을 살고 다시 내일을 맞이하는 곳이다. 행복을 노래하기도 하고 고통과 절망의 순간을 숙성시켜 새로운 인생의 맛을 빚어내는 곳이기도 하다. 집은 그곳에 사는 이들의 이야기를 듣고 그들을 기억한다. 시간의 흔적과 사람의 숨결을 품고 그들과 닮아간다.

어느 날 남편이 '농와당'이라는 이름을 짓고 왔다. 농부가 사는 기와집이란 뜻이라고, 남편은 농부가 사는 집이라는 걸 강조한다. 집에 비해 이름이 그럴싸하다. 남편은 농와당이란 이름으로 집의 정체성을 밝히고자 함이다. 그 이름으로 그간 나의 잔소리를 입막음하려는 의도도 있어 보인다. 구조가 좋으니 안 좋으니, 타일이 예쁘지 않다느니, 먼지 붙은 옷을 털지 않아 새로 지은 집을 더럽힌다는 군말들이 거슬렸으리라. "편하게 살자고 집을 지었더니 집이 상전이네. 집은 형편에 맞게 지어야지 무리하면 집을 이고 사는 수가 잇쩌." 남편의 의중을 안 후에는 마음에 들지 않는 게 있어도 눈감아준다. 이름 덕에 나의 잔소리는 줄었고 그는 평온을 얻었다.

시골집 마당은 또 다른 생활공간이다. 현관문을 열고 나오면 또 다른 세상이 있다. 안에서는 담지 못한 자연의 아름다운 풍경과 여유로움이 문밖에 있다는 걸 알게 된다. 실내는 편하고 안락하지만 서로 간섭받고 소유와 욕망의 흔적들로 채워져 있다. 밖은 불안전하지만 자연스럽고 자유로운 야생의 질서에 맞춰 살아간다.

문밖에는 눈을 둘 데가 많다. 심은 지 얼마 안 된 잔디가 뾰족뾰족 푸른 잎을 내밀었다. 마당을 고르며 모아놓은 잔돌들이 텃밭과 마당 사이에 경계를 긋는다. 텃밭에 상추와 청경채가 땅을 밀고 쪼그맣게 연두색 얼굴을 내밀었다. 깻잎은 제법 자라 금방이라도 서너 장 따서 먹어도 될 만큼 자랐다. 깻잎 향이 그만이다. 단호박 모종이 겨우 발을 내렸는지 아침 이슬에 촉촉이 젖어 배시시 웃는다. 우잣(울안)에도 봄에 옮겨 심은 장미가 붉은 꽃을 피웠다. 개양귀비가 비단결같이 보드라운 꽃잎을 하늘거리며 알록달록하게 피어 춤춘다. 분홍색 철쭉이 앙증맞게 피어 웃는다.

고양이 두 마리가 돌계단에 누워 게으름을 피운다. 해산할 때가 얼마 남지 않은 암고양이와 한량기가 있는 젊은 수고양이다. 그들과 마당을 함께 쓴다. 주인이 누구인지 서로 묻지 않는다. 집 안에는 둘이 살고 문밖에는 수없이 많은 생명체가 어울려 살아간다. 시골에 살면 안보다 밖의 삶이 더 다채롭다.

집 좁은 건 살아도 마음 좁은 건 못 산다는 옛말이 있다. 농와당에 살면서 자연이 주는 지혜와 품을 닮아 겸손하고 검소하게 살아갈 수 있으면 좋겠다. 가족과 이웃들에게도 좀 더 품이 넓은 사람으로 살아가야지. 사람이 집을 만들고 집도 사람을 만든다는데 기대해 볼 일이다.

남편은 농사일을 끝내고도 마당과 울타리를 꾸미느라 바

쁘다. 돌담 주변에 감나무와 먼나무를 심는다. 평화를 쟁취한 남편은 흙 묻은 손을 털며 고양이를 안고 환하게 웃는다. 구릿빛으로 그을린 얼굴 위로 붉은 저녁노을이 은은하게 스며들고 있다.

노을빛을 닮은 기와도 붉게 물들고 있다.

귤 향기 품는 시간

지난밤 바람이 거세게 불었다. 여섯 평짜리 농막에 누워 바람이 지나는 소리를 듣는다. 바람이 작은 집을 금방이라도 날려버릴 듯이 사납게 휘몰아친다. 집은 팽나무 곁에서 낮게 엎드려 밤을 새운다. 전선줄이 "휘이익 휘이익" 소리를 내며 운다. 가로등 불빛도 눈을 내리깔고 비를 맞으며 휘청거린다. 기어이 비닐하우스가 찢긴 모양이다. 덫에 걸린 날짐승의 몸부림처럼 비닐이 밤새 퍼드득댔다.

아침 해가 모슬포 바다에서 말갛게 씻고 얼굴을 내민다. 나무들은 헝클어진 머릿결을 바람에 가다듬는다. 붉은색 장미가 바람에 이울어 수척해 보인다. 고양이가 아침 먹이를 찾아 기웃대는 동안에도 바람의 여운이 남아 꿈틀거린다. 낮게 누웠던 풀들이 바람의 꼬리를 잡고 초록빛 물결로 일렁인다.

귤밭에 방풍림으로 심어놓은 삼나무가 둥치로 꺾인 채 돌담에 드러누웠다. 남편은 마음이 급한지 터벅터벅 앞서 걷는다. 귤나무는 무사하다. 나무들이 좌우로 줄을 맞춰 가지런하다. 서로의 어깨에 기대어 불안한 밤을 견뎠으리라. 질푸른 잎사귀 위로 햇빛이 쏟아진다. 시야가 모두 진초록이다. 초록은 땅에서 뿜어져 나오는 생명의 빛으로 살아있다는 안도감을 준다.

귤나무의 푸르름이 좋다. 겉과 속이 다르지 않은 순수함이 좋다. 푸른 진주알처럼 가지마다 달린 풋귤이 어미의 치마폭에서 무럭무럭 자라고 있다. 조그맣고 동글동글한 갈맷빛의 열매, 따뜻한 봄 햇살과 달콤한 꽃향기를 품었다. 뙤약볕과 사정없이 흔들어대는 비바람과 매서운 추위도 견뎌냈다. 견디는 사이에 속이 영글고 신맛은 무르익어 단맛이 된다. 천둥에 놀라고 벌레들의 공격에도 새순이 돋고 가지에는 열매가 맺는다. 황금 보자기에 싸인 새콤달콤한 맛 속에는 시련을 견뎌낸 순간들이 녹아있다.

나무는 크고 작은 바람을 맞고 자란다. 낮은 밭담 사이로 바람이 술렁일 때, 대숲을 지나 태풍이 온다고 수선을 피울 때도 의연하다. 이 바람도 지나가리라. 서로의 안부를 걱정하는 눈치지만 그간에 살아낸 힘이 있으니 견뎌낼 거라고 믿는다. 나무는 재잘대지 않는다. 자신의 이야기를 하기보다는 타인의 말을 들어주는 여유와 진중함이 있다. 촌부의 얼굴로 지치고 휘청거리는 나를 조용히 품어준다.

바람은 흔든다. 한군데 머물지 말라고, 새로운 삶이 있다고 속삭였다. 등을 떠밀며 자꾸 새로운 곳으로 가자고 부추겼다. 지루하게 반복되는 삶에서 벗어나라고 내 손을 잡는다. 현실이 발목을 잡고 두려움에 주저앉았다. 미련하게 사는 건 아닌가 반문하곤 했는데, 괜찮다. 땅에 발을 단단히 딛고 오늘을 살아서 다행이다. 젊은 날에는 풀이 바람보다 더 빨리 눕는다는 말이 참 비겁하게 느껴졌다. 부러지더라도 당당히 맞서야 한다고 생각했다. 살다 보니 비겁하더라도 살아가는 게 중요하다는 걸 알게 되었다.

비닐하우스에 올랐다. 비닐이 깊게 찢겨 바람에 날리는 소리가 요란하다. 남편은 비닐이 찢어진 곳을 찾아 3미터 넘는 높이를 날다람쥐처럼 걷는다. 일을 많이 해본 자의 노련함이겠다. 잰걸음으로 앞서가는 그의 뒤를 뒤뚱거리며 좇는다. 비닐이 찢어진 데를 찾아 새롭게 갈고 끈을 단단히 묶는다. 낡아 느슨해지고 해진 곳이 바람에 쉽게 찢긴다. 작은 상처에서 시작해서 더 넓고 깊은 상처가 된다.

사람과의 사이인들 다를까. 사람 관계도 새것일 때는 젊어서 팽팽하고 빛났다. 살아가는 동안 시련은 우리의 삶의 한순간을 찢고 깊은 상처를 만든다. 부부는 서로에게 의지와 기쁨이 되기도 때로는 상처가 되기도 한다. 당신은 말이 없어 답답하다고, 속을 모르겠다고 고개를 저으며 침묵으로 시위하곤 했다. 가까이에서 맞는 바람이 더 아프다. 그에게 쏘아붙인 말들이 상처가 됐을 것이다. 이해하려고 내가 더 많이 노력할걸, 그가 아픈 후에야 후회했다. 타인을 이해하려는 노력은 나를 알아가는 과정이기도 하다. 시련을 견뎌내는 일은 변화할 기회가 되기도 한다.

남편을 얼마나 이해하고 살아가고 있을까. 그를 잘 안다고 말할 수 있을까. 어느 날 남편의 꿈이 궁금했다. 무엇을 위해 사느냐고 물었다. 가족이 잘 지낼 수 있게 보살피는 게 자기의 바람이란다. 그래서 그리 성실한 걸까. 시아버지가 돌아가시면서 이어받은 농사가 녹록지만은 않았을 것이다. 그간 말없이 혼자 감당했을 생각에 미안해진다. 가장이라는 무게와 현실이라는 벽 앞에 그가 견뎌왔을 시간을 헤아려본다. 그의 노련함은 아기 돌보듯이 반복되는 일과 자연이 시험지처럼 던져주는 문제를 성실하게 풀어낸 결과다. 크고 작은 시련도 기다리면 지나간다는 그 믿음이 땅처럼 단단하게 그의 삶을 받치고 있는지도 모르겠다.

우리의 삶에 다시 푸릇하게 모종도 심고 찢긴 곳을 보듬으며 살아가면 어떨까. 상처 난 자리를 깁고 약을 발라 문지르며 낫기를 기다린다. 쓰러진 마음에 지지대를 세워 서로 곧추세우며 살아 볼 일이다.

그는 귤나무처럼 소박하고 다부지다. 귤밭은 그에게 일터이며 놀이터다. 시기에 맞춰 전정하고 꽃을 따주고 열매를 솎아준다. 아이를 돌보듯 성실하고 묵묵하게 나무를 키운다. 귤나무는 비바람이 몰아치는 날에도, 햇볕이 뜨거운 날에도, 차가운 겨울바람이 부는 순간에도 향기를 품는다. 새순이 돋고 꽃이 피고 열매가 열리고 무르익는, 모든 순간이 귤 향기를 품는 시간이다. 그는 내게, 나는 그에게 향기로 스며들면 좋겠다. 서로의 삶에 단맛으로 익어가면 좋겠다.

불안한 걸음으로 비틀거리는 동안에 서쪽 하늘에서는 노을이 진다. 저녁 하늘이 온통 붉은빛이다. 태양이 빛을 바닷물에 흘려보내는 동안 다른 한쪽에는 허연 낮달이 서서히 드러난다. 달과 태양이 함께 있다. 보이지 않던 낮달이 보이는 건 태양이 자리를 내어준 까닭은 아닐까. 자신을 낮추고 곁에 있는 사람을 돋보이게 하는 건 그를 아끼기 때문이다. 그와 나 사이도 그렇지 않을까.

바람이 지나간 흔적들 위로 어둠이 내린다.

3부

어느 삶이
더 나은 걸까

이랑이에게

이랑아.

어미로 산다는 건 참 고단한 일이지. 여섯 마리의 새끼를 낳고 퀭한 눈으로 걸어 나오던 너, 좁은 종이상자 속에서 새끼들에게 젖을 물리는 모습을 떠올리곤 한단다. 언제 커서 어미가 됐을까, 기특도 하지.

너희들 이름은 사랑받으며 살라고 '일랑이, 이랑이, 삼랑이, 사랑이… 치랑이'라고 지었어. 고민 끝에 지은 이름치고는 너무 뻔한 것 같다. 올해 벌써 네 살이지? 사람 나이로 치면 벌써 중년의 시기에 들어섰구나. 젖을 먹고 볼록해진 배를 하고 종종거리며 걷던 어린 너의 모습이 눈에 선하다. 풀숲을 헤집고 귀뚜라미를 잡느라 폴짝거리던 모습이 얼마나 사랑스럽던지. 너를 데려가겠다는 사람도 있었는데 너만은 보내기 싫더라. 개구쟁이처럼 마당을 뒹구는 모습에 자꾸 웃게 되고 유독 눈길이 가더라.

형제들은 모두 분양하고 너만 우리 곁에 살고 있구나. 넷째 사랑이는 가까운 친척 집에 보냈는데 향이라는 이름으로 바꿔 부르더라. 아파트에서 고급 간식을 먹고 산대. 털에 윤기가 흐르더라. 거실 한쪽에 놀이터도 있어. 고양이 팔자도 타고나는 걸까. 누리고 사는 걸 보면, 한배에 태어나도 저마다 타고난 운명이 다른 게 아닐까 생각이 들곤 한다.

너는 처음 새끼를 일곱 마리나 낳았어. 기억하니? 눈곱이 낀 눈으로 나를 올려다보며 힘들었다고 말하는 것 같더라. 새끼들을 핥으며 간밤의 고통을 되새김질하던 것일까. 너는 쉬지 않고 새끼들을 핥아주었다.

"아이고 나 새끼, 언제 영 커서 어른이 되어신고." 우리 어머니가 젖을 물리고 있는 나를 보며 말하더라. 거칠고 투박한 어머니의 손이 내 등허리를 따뜻하게 어루만졌어. 막내딸이 커서 시집가고 아이를 낳은 게 어머니는 새삼스러우셨나 봐. 불쑥 커버린 딸의 시간을 더듬고 있었는지도 몰라.

네게 물어보지도 않고 새끼들을 여기저기로 보내버린 것이 내내 미안했어. 별수는 없는 일이지만 어미에 대한 예의가 아니라는 걸 깨달았어. 그 후로는 꼬박꼬박 말했는데 그때마다 허락했니? 품에 품고 살고 싶었겠지. 보내기 싫었을 거야.

경계하는 눈빛으로 새끼들 곁을 맴돌던 너는 불안했던 게지. 걱정하지 마. 다들 잘 살아갈 거야.

지난해 너는 두 번의 출산을 더 했어. 그런데 그때마다 새끼들이 모두 죽고 말았다는 걸 짐작했다. 너는 밥을 먹는 둥 마는 둥 했다. 젖을 물렸던 자국이 마르고 있는 걸 보면 낳은 새끼들을 잃었구나, 생각했다. 털이 푸석하고 한껏 부풀었다가 배가 바람 빠진 풍선처럼 축 늘어졌다. 빈 배를 만지며 내가 다 허탈해지더라.

이번엔 무사히 새끼들에게 젖을 물리는 모습을 보며 뭉클하다가도 염려도 된단다. 잦은 출산이 수명을 단축시킬 수 있다고 한다. 자연의 섭리 운운하며 중성화하지 않은 게 잘한 일인지 되돌아보게 된단다. 새끼를 품어보지 않은 향이의 삶과 새끼에게 젖을 물리고 지친 모습으로 누워있는 너. 어느 삶이 더 나은 걸까.

쉬려고 누운 네 곁으로 새끼 고양이들이 모여든다. 야옹거리며 매달려 젖을 빠는 새끼들을 보며 요양원에 있는 내 어머니를 떠올리곤 해. 우리도 어머니의 젖을, 어머니의 육신을 빈 자루로 만들어 놓은 자식들이야. 요양원을 선택한 게 사랑과 희생으로 살아온 그녀에게 가혹했던 것은 아니었을까.

이랑아. 너무 다 주진 마라. 자식 다 소용없다.

고양이 목화

　고양이가 새끼를 낳았다. 겨울 찬 기운이 담벼락에서 떨어지지 않은 삼월 어느 날이었다. 풍선처럼 부푼 배를 보니 해산할 때가 되었음을 어림하게 했다. 먹이를 주러 다녀온 남편이 새끼 낳은 소식을 던져주고 나간다. 여섯 마리다. 새끼를 낳느라 얼마나 고단했을까. 어미 고양이가 안쓰럽다가도 어미젖을 찾아 꼬물거릴 새끼들을 생각하니 설렌다. 이제 새끼들의 이름을 지어주는 건 내 몫이다. 이름을 짓는 일이 재미있긴 한데 숫자가 많아서 고민이다.

　어미 고양이 이름은 이랑이다. 이랑이 형제들은 일곱 마리다. 몸집이 큰 순서로 '일랑이, 이랑이, 삼랑이, 치랑이'까지 차례로 이름을 지어주었다. 사랑을 받으라고 지은 이름이지만 줄을 세워 막 지은 이름 같다. 다른 새끼 고양이들은 모두 떠나고 이랑이만 남아 우리랑 함께 지낸다.

중성화 수술을 안 한 탓에 일 년에 한두 번은 새끼를 낳는다. 매번 새끼들이 살아남는 건 아니다. 무슨 이유인지 새끼 전부를 나무 그늘에 묻어야 하는 때도 있다. 지어놓은 이름을 외고 다니던 시간이 허탈해진다. 빈 자루처럼 헐렁해진 뱃가죽을 깔고 누워있는 어미의 모습이 안쓰럽다. 새끼를 잃은 심정이 오죽할까 싶어진다.

고양이들 이름을 고민하며 지어주지만, 남편은 헷갈린다며 '냉이'로 통칭해 부른다. 고냉이(고양이의 제주어)의 냉이다. 자식이 많은 집에서 어머니들이 '큰년아, 조근년아'라고 부르는 것과 비슷하다. 이름은 존재를 확인하는 중요한 수단이다. 이름이 예쁘고 의미가 있어야 불릴 때도 좋다.

어릴 적엔 사람들이 많은 곳에서 내 이름이 불리는 게 싫었다. 수줍은 성격 탓도 있겠지만 자신감이 없어 더욱 그랬을 것이다. 커 가면서 친구들이 이름이 예쁘다고 말해주는 덕분에 호명되는 게 좋다. 순하고 지혜롭게 살라고 할아버지가 지었다고 한다. 이름값 하며 살아가고 있는지 되돌아본다. 글을 쓰면서 유순하고 지혜롭지 못한 것을 반성하고 이름에 걸맞게 살아보려 다짐하곤 한다. 글을 마무리하고 문패를 닦듯이 나의 이름을 가만히 불러본다. 호두알처럼 주름진 사이로 시간의 언어들이 나를 쳐다본다.

내가 지은 이름 중에 제일 성공적인 건 하얀 고양이 이름이다. 하얀 새끼 고양이가 사무실 문 앞에서 야옹거리던 날, 한눈에 그 녀석에게 매료되었다. 하얗고 쪼그만 솜뭉치 같아 '목화'라고 부르기로 했다. 모카라고 부르는 사람에게 '목.화'라고 또박또박 발음하며 알려준다. 목화야, 라고 부를 때마다 햇볕 좋은 가을날 시댁 마당에 널린 목화꽃이 떠오른다. 구름처럼 하얗게 터지던 폭신폭신한 꽃 무더기, 목화는 꽃말이 모정이다.

그해 늦가을에 목화 이불 한 채가 내게 왔다. 시어머니가 솜을 틀어 새 이불을 지어 보내주셨다. 다루기도 쉽고 가벼운 이불도 많은데 두꺼운 목화 이불이라니. 이불장을 정리할 때마다 처분할 궁리를 했더랬다. 얇게 만들어서 쓰면 좋다는 지인의 말에 이불집에 들고 갔다. 요 하나와 이불 두 개로 나눠 만들어 왔다. 덮어보니 인조솜에 비할 게 아니다. 적당히 눌러주는 무게감도 좋고 햇볕에 말리면 보그락(포근하게 잘 부풀어 오른 모양)하게 부풀어 오르는 느낌도 좋다. 덮을 때마다 어머님의 주름진 얼굴이 떠오른다. 고마운 줄 모르고 딴생각을 하던 순간들이 부끄러워진다.

얼마 전에 시어머니가 치매 진단을 받았다. 이불 속에서 뒤척이며 어머님을 생각했다. 다섯 살부터 베틀에 앉아 베를 짜고 평생 일만 하며 살았다고 말하던 모습이 새삼 더 안쓰럽다.

다가올 시간이 걱정이다. 오래되어 누렇게 뭉친 솜이불처럼 나를 무겁게 누른다. 오래된 솜이불은 솜틀기에 넣어 몽글몽글하고 폭신하게 새로 태어나는데 사람의 인생은 어찌해볼 도리가 없다.

목화의 하얀 털을 쓰다듬는다. 가르릉가르릉 기분 좋은 떨림이 손끝으로 전해진다. 목화야, 하고 부를 때마다 돌아보며 내게 말하는 것 같다. "어머님의 살아온 날을 기억해 줘. 자식들을 아끼시던 어머님의 마음을 너는 기억해야 해."

고양이의 이름을 부르며 시어머니와 함께한 기억을 오후 햇살에 새겨 넣는다.

반이의 연애담

녀석의 이름은 반이다. 남편의 성을 붙여 '양반이'라고 부른다. 반이는 수고양이고 태어난 지 18개월 되었다. 사람으로 치면 스무 살 정도라 혈기가 왕성할 때다. 녀석은 어렸을 때부터 바깥출입은 않고 늘어지게 자고 먹고 천천히 집 주위를 배회하는 게 전부였다. 양지바른 곳에 누워 해변에서 일광욕하는 자세로 한나절을 보낸다.

그러던 녀석이 어느 날부턴가 울타리 밖으로 나다니기 시작했다. 며칠 동안 보이지 않았다. 인사도 없이 떠난 건가, 어디서 사고를 당한 건 아닌가 하고 걱정이 된다. 발정기에 들어선 모양이지, 하며 남편이 걱정할 것 없다는 듯이 말한다.

그날 저녁, 녀석은 코를 땅에 끌듯이 비실거리며 힘없이 돌아왔다. 그러고는 창고에 누울 자리를 잡고 꼼짝하지 않는다.

며칠 사이에 수척해져 등뼈가 만져진다. 고개를 외틀고 누워 이를 내내 잠만 잔다. 식음을 전폐하고 누운 게 병이라도 들었나 걱정이다. 우유를 데우고 멸치 죽도 끓이고 먹을 것을 코앞에 놓는다.

고양이라면 질색하던 내가 고양이 시중이 웬 말인가. 어쩌겠는가. 갓 태어날 때부터 보아온 정리(情理)가 있다. 반이의 할머니는 냉이, 엄마는 이랑이다. 반이가 삼 대째다. 녀석이 걷는 걸 보고 어미 젖을 떼고 처음 눈을 맞췄을 때부터 그는 우리에게 이웃이고 가족이었다. 서로 관심과 사랑을 주고받는 사이가 된 것이다.

며칠 전, 반이가 구애하는 장면을 보게 됐다. 그의 도전은 호기로웠다. 검정과 흰색이 섞인 얼룩무늬 털을 휘날리며 돌담을 딛고 섰다. 애절한 목소리에 애교를 섞어 건넛집 암컷을 향해 추파를 던진다. 마당에서 일하던 손을 멈추고 그 모습을 지켜보았다. 웬걸, 암컷은 앙칼진 목소리와 눈빛으로 반이의 고백을 사납게 거절한다. 반이는 허우룩한 얼굴로 쓸쓸히 돌아선다.

암컷들에게 인기가 없는 걸까. 사내다운 매력이 없어 어쩔 것인가. 여린 샌님 같은 녀석의 뒷모습을 보며 애처로운 생각마저 든다. 암컷 고양이가 도도한 걸음으로 사라진다. 사랑을 쟁취한다는 게 어디 쉬운 일인가. 밀고 당기는 구애의 기술이 줄다리기처럼 팽팽한 법이지 않은가.

고양이 중성화 수술을 시키라는 사람들도 있다. 종족 번식이 자연의 섭리임을 운운하며 그들의 이야기를 뒷전에 두고 있다. 오늘은 밤사이 어디를 쏘다녔는지 풀씨를 몸에 붙이고 왔다. 풀씨를 떼주며 제 씨는 못 뿌리고 풀씨만 퍼트려 주고 다니냐며 녀석에게 면박을 준다. 다시 늘어지게 자는 녀석을 향해 농을 싣고 말한다. "잠이 오냐? 네가 뭣이 있냐. 가진 게 없으면 운동이라도 해야지." 동물의 연애사에 인간의 훈계가 무슨 소용인가.

이름 탓일까. 삼돌이나 돌쇠같이 힘깨나 쓸 것 같은 이름이라면 어땠을까. 언젠가는 양반이, 자기의 이름답게 한량기 다분한 이름값을 하며 사는 날도 있겠지, 혼잣말로 고시랑고시랑해 본다.

실연도 반복되면 마음에 군살이 생기는 걸까. 그는 봄 햇살을 받으며 속없는 얼굴로 태연하게 앉아있다.

젊은 수탉

한림 오일장에서 닭을 사 왔다. 수탉 한 마리와 암탉 다섯 마리, 비닐하우스에 풀어놓았다.

암탉들은 양계장에서 알 낳는 기계로 살다 이젠 그마저도 밀려난 신세다. 비쩍 마르고 듬성듬성 털이 빠져 있는 꼴이 알을 얻어먹긴 어렵지 싶다. 그간의 삶을 짐작하니 애처롭기 짝이 없다. 그녀들은 새 세상을 만난 것처럼 귤나무 아래를 휘젓는다. 놀러 나온 여인들처럼 이리저리 몰려다녔다.

수탉의 눈매에는 총기가 넘친다. 암팡진 발톱으로 흙을 파고 날카로운 부리로 먹이를 쪼아 먹는다. 힘찬 목소리로 하루를 열었다. 횟대에 오른 모습은 붉은 해를 영접하는 의전관처럼 패기가 넘쳤다. 붉은 볏을 세우고 검붉은 털을 퍼덕이며 느긋하게 자신의 영토를 누볐다.

한 달쯤 지났을까. 암탉의 몸에 새털이 뽀송뽀송하게 나고 윤기가 흘렀다. 알을 낳기 시작한다. 똥그랗고 진한 노른자가 있는 달걀이 밥상에 오른다. 마트의 것과는 비교가 안 될 맛이라며 우리 부부의 입가에는 기름진 웃음이 흘렀다.

어느 날 아침, 먹이를 주고 온 남편이 투덜거린다. 수탉이 달려들어 다리를 쪼아댄다고, "저도 수컷이라고, 주인도 몰라보는 놈." 돌아서며 남편이 쓰게 웃었다. 며칠 후에 장대로 그놈의 머리통을 때렸더니 휘청하더라고, 젊은 놈이 세상 무서운 줄 모르고 제명을 재촉한다고 남편이 목소리를 높인다.

다음다음 날 몸을 회복한 녀석이 다시 전투태세를 갖추고 덤비더라네. 수탉의 호기와 중년의 남자가 귤나무를 사이에 두고 매일 아침 결투를 벌였다. 젊음은 순수해서 때로 무모하지. 어느 어스름 저녁에 회심의 칼날이 번뜩였다. 그날 저녁상에 백숙이 올라왔다.

이제 암탉들의 수다만 발끝에 차인다. 수탉의 영접을 받지 않고도 아침이 온다. 밤하늘에 별이 반짝이는 새벽녘, 문 앞 돌계단에 나앉았는데 왠지 허전하다. "꼬끼오", 어둠을 물리는 수탉의 목소리가 환청으로 들린다.

수탉의 호기는 젊은 객기가 아니라 뜨거운 부정(父情)은 아니었을까. 한 번도 알을 품어보지 못한 암탉에게 알을 품게 해주고 싶은 마음, 알을 훔쳐 가는 권력자를 향해 저항하는 마음,

부리를 세우고 발톱을 세운 것은 가족을 지키고 싶은 가장의 마음이었을지도 모른다.

어디 알뿐일까. 내 손에 거머쥐는 당연함, 당연하다고 생각하며 누리고 있는 것들에 대해 생각한다. '어쩔 수 없지 않냐.'고 이기적이고 무심하게 살아가고 있는 것은 아닐까.

파종하는 날

어슴푸레 동이 트고 있다. 트럭이 새벽 공기를 가르며 달린다. 덜컹거리는 차의 진동에 몸을 맡겨 덜 깬 잠을 흔들어 깨운다. 옆 밭에선 벌써 트랙터 소리가 요란하다. 일을 일찍 시작한 사람들은 모종을 심느라 손길이 바쁘다. 일하러 가는 사람을 태우고 트럭들이 도로 위를 분주히 달려간다.

밭은 전날 갈아놓은 덕에 이랑과 고랑이 반듯하고 흙이 폭신하다. 밤새 내린 이슬을 머금어 흙이 촉촉하다. 호미로 긁자 땅이 폭폭 파인다. 모종판에서 콜라비 모종을 뽑아 긁은 자리에 놓고 흙을 북돋운다. 일이 많을 때는 눈길을 멀리 두면 안 된다. 하나에 마음을 두고 한 걸음 한 걸음 나아간다. 한땀 한땀 수를 놓듯 모종을 심는다.

일하는 동안 입도 손만큼이나 바쁘다. "애들이 연애를 안해서 어쩌냐." 하는 걱정, "당신은 다 좋은데 말투 때문에 힘들어." 같은 속엣말을 꺼내 주고받는다. 허리가 뻐근할 즈음, 빨갛고 동그란 방석을 엉덩이에 매달고 걷는 모습이 오리 궁둥이 같다고 서로 놀린다. 실없는 농담에 웃고 서로의 고단한 하루를 다독인다. 해가 기울 때까지 작업은 계속되었다. 밭담 그림자가 이랑으로 비스듬히 기울어 갈 즈음 모종판을 다 비웠다. 콜라비 모종들이 이랑 가득 쪼르르 나앉았다.

"며칠간은 비 소식이 없네." 남편은 날씨 예보를 뒤적이다 미간을 찡그린다. 휴대 전화를 주머니 속으로 밀어 넣고 소맷자락으로 얼굴과 이마를 닦는다. 흙먼지와 땀 자국이 섞여 감물 들인 옷소매가 더 얼룩덜룩해졌다. 남편은 흙 묻은 장화를 돌에 탁탁 부딪혀 흙덩이를 털었다.

농번기에 비가 오지 않으면 스프링클러를 돌려야 한다. 너도나도 물을 끌어올려 땅을 적신다. 옆 밭의 물줄기가 세지면 우리 밭 물줄기는 아기 오줌발이 된다. 가뭄에는 농업용수 급수시간에 맞춰 새벽이나 밤에도 잠을 설치곤 한다. 작물이 시드는 걸 보면 농부는 애가 탄다.

스프링클러가 빙글빙글 돌아간다. 물줄기가 상모 돌리는 것처럼 짧고 길게, 가깝고 멀리 포물선을 그리며 쉬지 않고 돌아간다. 어린싹들이 한낮의 열기에 축 처진 어깨를 차츰차츰 올려 세운다. 흠뻑 젖은 잎을 흔들며 발그레하게 웃는다. 물줄기가 동그라미를 그리다 바람에 부딪쳐 휘청거린다. 그러다 다시 일어서 원을 그린다. 바람이 밭고랑 사이를 낮게 쓸고 간다. 하늘에 흰 구름이 해맑은 얼굴로 지나간다.

스프링클러가 있어 농사가 훨씬 수월해졌다. 급수 시설이 없던 시절에는 물통을 지고 물을 주거나 그도 모자라면 작물이 말라 죽는 모습을 보며 발을 동동 굴렀다. 파종하고 작물이 잘 자라기를 바라는 마음은 자식을 키우는 부모 마음 같다. 스프링클러가 뿜어주는 물줄기를 보며 시아버지의 생전 모습이 떠오른다.

시아버지는 평생 농사꾼이었다. 어려서부터 부모를 도와 김을 매고 땅을 일구었다. 농기구가 많지 않던 시절, 태풍과 가뭄을 어찌 버텨내셨을까. 처음 인사드리는 날, 시아버지의 손을 보았다. 검게 그을리고 굵어진 손가락 마디마디와 뭉근 손톱이 그분의 살아온 시간을 말해준다. 희고 부드러운 친정아버지 손보다 훨씬 친근하고 미더웠다.

시아버지는 퍽 다정한 분이었다. 친정아버지 정을 모르고 산 내게 아버님과의 인연은 인생의 선물이다. 손주를 낳았다는 소식을 듣고 하던 일을 던져놓고 오셨다. 어머님과 아이를 안고 내게 수고했다고 따뜻한 음성으로 위로해 주던 게 기억난다. 두 집 살림하는 친정아버지를 두고 "네가 모르는 사정이 있을 수도 있다. 그러니 아버지를 너무 미워하지 마라."라고 내

속을 보듬어 주었다. 시댁에 책잡히면 어쩌나 노심초사하던 마음이 사르르 녹아내렸다. 어른이 된다는 건 남의 아픔을 너그럽게 품어주는 거라는 걸 새기며 살아간다.

손주들에 대한 사랑이 각별한 것도 좋았다. 세발자전거를 사고 와 손주를 태우고 시름없이 아이들과 한참 웃으시며 즐거워했다. 버스가 많지 않던 시절, 아버지가 덜컹거리는 자전거로 흙먼지가 풀풀 날리는 신작로를 달려 고산까지 태워줬다던 남편의 말을 떠올렸다. 아버님도 손주들과 함께하는 동안 당신의 지난 시간에 촉촉이 젖었는지도 모르겠다.

아버님은 지혜로웠다. 부모의 사소한 사랑 표현이 자식들끼리 불화를 만든다는 걸 아셨던 모양이다. 아들 삼 형제를 둔 아버님은 모든 면에서 공평했다. 수박을 사도 네 개, 고기를 나눠도 네 덩어리, 어머님 몫까지 반듯하게 나눠 불만을 없앴다. 살면서 형제간에 우애가 있는 게 아버님의 덕이라고 곱씹는다. 간혹 겪는 갈등이나 사소한 마찰은 밭에서 작은 돌을 고르듯이 대수롭지 않게 살고 있다. 그마저도 아버님이 몸소 가르친 덕분이다.

결혼하고 큰 어려움 없이 지냈다. 폭신한 땅에 뿌리 내리는 여린 식물같이 무탈했다. 어진 남편과 푸근한 성품을 가진 시어른들 덕분이다. 소탈한 시댁 식구들도 새댁인 내겐 좋은 환경이었다. 씨앗으로 치면 양지바르고 양분과 흙이 넉넉한 땅에 뿌리를 내린 셈이다. 바람과 햇빛, 물과 흙은 씨앗이 만나는 인연이다. 생명이 자라는 데 흙이 좋고 물이 적당하고 양분도 넉넉하다면 얼마나 다행스러운 일인가.

아버지 당신은 빌레왓같이 척박한 삶을 살았어도 자식들에게는 흙을 보태고 양분을 주고 때맞춰 물을 주었다. 부모의 자애로움은 좋은 흙이며 알맞은 물이다. 생명이 뿌리내리기 알맞은 양지바른 땅이다. 부모의 사랑은 가뭄에 스프링클러의 물줄기처럼 삶을 촉촉하게 적셔준다. 오래 사시면서 자식들이 튼튼하게 뿌리내리고 사는 모습을 보았으면 좋았을걸 아쉽기만 하다.

밭일하는 아버님을 생각한다. 자분자분한 어머님과 우스갯소리 잘하는 아버님, 그분들도 실없는 농담으로 고단함을 털어냈을까. 좋은 일, 속상한 일, 기쁜 일, 슬픈 일을 호미질로 고르고 삶의 거름으로 삼고 살아왔으리라. 파종하는 날, 모종을 심으며 아버지를 그리워한다.

밤하늘에 무심히 별이 뜨고 있다. 늦은 밤까지 스프링클러는 쉼 없이 돌아간다. 편견도 치우침도 없이 묵묵하게 땅을 적신다. 나의 그리움도 함께 젖는다.

홍시

빌라 화단에 감나무 한 그루가 있다. 밤톨만 한 열매가 달리면 잘 익은 감을 그리곤 한다. 토종이라 씨알이 굵지는 않아도 익으면 단맛이 난다. 감이 붉은색으로 변할 때까지 기다린다. 이슬을 받고 찬바람을 맞아야 무르익어 제맛이 난다. 감나무가 저녁노을에 붉게 물들면 달콤한 홍시가 생각나 설레곤했다.

지난가을에는 병충해가 생겨 감을 수확하지 못했다. 감이 익을 무렵 묽은 주황빛이 돌더니 툭 툭 떨어져 버린다. 현관 앞시멘트 바닥에 물컹하게 밟히는 게 성가실 정도다. 까치밥으로 줄 것도 없이 다 떨어졌다.

나무는 헛헛하게 빈 가지를 흔들고 서 있다. 마른 꼭지가 앙상한 가지에 붙어 결실의 흔적을 보여줄 뿐이다. 때맞춰 병

해충 방제를 했다면, 예년처럼 달콤한 맛을 볼 수 있었을 텐데, 아쉬워진다. 살아가면서 '때'를 놓치지 않고 살 수 있으면 얼마나 좋을까.

부둣가에 있는 사무실에 다닌 적이 있다. 직장엘 다니려고 세 살이 채 안 된 둘째 아이까지 서둘러 어린이집엘 보냈다. 둘째는 나와 떨어지기 싫다고 어린이집 대문을 붙잡고 울었다. 아이를 밀어 넣듯 떼어놓고 하루를 바쁘게 살았다.

어느 가을 오후, 바람이 건들건들 부는 날이었다. 오후가 되자 어판장에서 일하는 사람들이 썰물처럼 빠져나간다. 펄떡거리는 물고기처럼 생동감이 넘치던 아침 풍경과는 달리 한산해진 부둣가는 나른하고 쓸쓸함마저 감돈다. 허름한 포장마차로 사람들이 모여든다. 사람들이 급하게 국수 한 그릇으로 끼니를 해결하기도 한다. 해 질 무렵 포장마차를 찾는 사람은 대부분이 선원들이다. 그들은 일상처럼 그곳을 찾았다.

외지에서 들어오는 떠돌이 선원들도 섞여 지냈다. 그들 중에는 말 못 할 사연을 가진 이들도 있고 파란만장한 삶을 사는 이들도 있다. 그들은 취기를 핑계로 마주한 이를 붙잡고서 제 이야기에 목소리를 높이곤 한다. 비릿한 바다 냄새와 취기 오른 목소리와 큰 들통 안에서 끓는 국물 냄새가 섞여 하루가 저물어간다. 비슥이 들이치는 노을빛으로 포장마차 안은 더욱 고즈넉해 보였다.

포장마차 안에선 싸움이 벌어졌다. 고성이 오가고 서로 주먹질과 발길질을 해댄다. 그곳에서는 흔한 광경이다. 싸움 끝에 한 사내가 검은 봉지를 안고 운다. 취객들은 하나둘 몸을 비틀거리며 자리를 떠났다. 사내는 여전히 바닥에 쓰러져 흐느낀다. 다쳐서인지, 맞은 데가 아파서인지, 때마침 술기운을 빌려 우는 것인지 달래는 이도 없이 그는 한참을 울었다. 울음을 그친 그는 검은 비닐봉지를 들고 어디론가 걸어간다. 터진 비닐봉지 구멍에서 주황색 과육이 바닥으로 뚝 뚝 떨어졌다.

다음 날 그의 사연을 들었다. 싸움의 발단은 홍시였다. 같이 술을 마시던 이가 비닐봉지 속에 홍시를 한 개만 먹자고 한 데서 시작됐다. 뺏기지 않으려는 자와 장난삼아 한 개만 먹자고 시비를 거는 자가 실랑이를 벌였다. 장난 끝에 싸움이 된 것이라고 포장마차 주인은 심드렁한 목소리로 말했다. "저그 어머니가 좋아하는 거라나 뭐라나. 울면서 말하니까 도통 알아들을 수가 있어야지." 형 동생 하는 사이에 뭘 그리 인색하게 굴었는지, 주인은 혀를 차며 말했다.

젊은 선원의 울음소리가 한동안 마음에 남았다. 그의 울음에는 그리움과 외로움이 섞여 있었다. 아물지 않은 마음의 상처에서 붉은 피가 흐르고 있는 듯했다.

그의 흐느낌의 연유를 어림해 본다. 그는 지독하게 방황하는 청소년기를 이유로 밖으로 떠돌았나. 그러는 사이 어머니가 돌아가시고 그 죄책감에 가을이 되면 홍시 한 봉지를 사 들고 술 마시는 버릇이 생겼을지도 모른다. 먹지도 못하고 누구에게도 주지 않고 어머니에게 바치는 속죄의 제물은 아닐까. 그날도 눈물 섞인 소주 한잔을 마시고 숙소로 들어갔으면 그만이었다.

그는 부끄러움도 모른 채 목놓아 울면서 무엇을 생각하고 있었을까. 중요한 순간을 놓치지 않았다면 타지에서 눈물 흘리는 일은 없었으리라. 매우 신파적인 상상이 펼쳐지지만 전혀 다른 사연일지도 모른다. 단지 그의 어머니가 그 눈물을 봤다면 가슴 아플 일이다. 자식의 눈물 앞에 부모의 마음은 무른 홍시처럼 쉽게 무너진다.

어린이집 안 가겠다고 울던 둘째 아이도 자라서 스물 중반의 청년이 되었다. 미처 돌보지 못하는 와중에도 다부지게 잘 자라주어 감사한다. 성장에는 저마다 아픈 시기를 지나게 마련이다. 찬바람 맞고 밤이슬을 맞으면서 달게 익어가는 감처럼 우리의 삶도 시련을 이겨내며 성장하고 성숙해 간다. 상처가 낫는 데도 시간이 필요하고 서로 이해해 나가는 데도 시간이 필요하다. 나도 그랬고 내 아이들도 그렇고 누군들 안 그러겠는가.

잘 살아간다는 것은 '때'를 놓치지 않고 살아가고 있다는 의미일 것이다. 사랑할 때, 용서할 때, 참회할 때, 고백할 때, 기다릴 때 그리고 용기 내야 할 때 같은 인생에서 중요한 순간을 놓치지 않는다면 얼마나 좋겠는가.

감나무 꼭대기에 저녁노을이 걸려 발그레하다. 빈 가지에도 봄이 오면 새싹이 돋고 꽃이 필 것이다. 으깨진 홍시가 담긴 검은 봉지를 들고 걸어가던 선원의 쓸쓸한 뒷모습이 떠오른다. 그의 삶에도 새싹이 돋고 꽃이 피고 열매를 달고 있으면 좋겠다. 떫은맛 나는 방황기를 지나 붉은 홍시처럼 그의 삶이 무르익고 있으면 좋겠다. 노을이 지는 저녁에 그의 안부가 궁금하다.

반딧불이의 사랑

숲이 바람에 일렁인다. 오래된 나무들이 낯선 이들의 발소리에 경계하듯 나직이 뒤척인다. 밤에 보는 숲은 언제 보아도 낯설다. 문명의 빛이 차단된 숲에선 작은 소리에도 상상력이 더해져 한층 긴장하게 된다. 촉촉하게 젖은 숲에서 흙 비린내가 난다. 오래 묵은 시간의 냄새다.

초여름 밤, 반딧불이를 보려는 사람들이 숲으로 모여든다. 반딧불이 나오는 시기가 되자, 조용하던 마을이 그들의 발길로 바쁘다. 축제를 열며 요란을 떠는 게 되려 곤충의 생태를 방해하는 것은 아닌가 하는 의문이 든다. 사람들이 관심이 없을 때도 반딧불이들은 태어나고 반짝이고 죽기를 반복했을 텐데 말이다.

제주에서는 반딧불이를 '불란지' 또는 '도깨비불'이라고 부르기도 했다. 옛날 어른들은 묘지 근처에서 푸른빛이 날아다니는 모습을 보며 혼이 떠돌아다닌다고 생각했다고 한다. 친정 할아버지가 한밤중에 푸른빛을 쫓아가다 정신 차려보니 이웃 마을에 가 있더라는 얘기를 들은 적도 있다. 그 때문인지 내게 반딧불이는 오싹한 기분이 들게 하는 곤충일 뿐이었다. 그런 내가 반딧불이를 보러 사람들의 행렬을 따라간다.

삼 년 전, 시댁 동네로 살림을 옮겼다. 그해 여름 무리 지어 빛나는 반딧불이를 처음 보았다. 별이 지상으로 내려와 반짝이는 듯했다. 밤하늘을 수놓듯 반짝이는 모습에 탄성이 절로 나왔다. 나무 사이나 풀숲 그리고 공중에서도 반짝인다. 언젠가 시청 광장에 세워진 크리스마스트리에서 반짝이던 작은 전구의 불빛을 떠올리게 한다. 숲은 오싹한 기분은커녕 낭만적이고 신비한 느낌이 들었다.

반딧불이 한 마리가 가까이 왔다가 천천히 멀어진다. 손을 내밀어 만져보고 싶었지만 허탕이다. '산양 곶자왈'에 서식하는 종은 대부분이 운문산반딧불이다. 주로 유월 중에 볼 수 있다. 운문산반딧불이 빛은 다른 종들보다 크고 밝게 빛난다. 그래서 더 환하고 찬란하게 느껴진다. 팔구월에는 오름 근처나 나무가 많은 집 마당에서 늦반딧불이도 볼 수 있다. 평상에 앉아 여름 더위를 피할 때 풀숲에서 깜빡이거나 천천히 마당을 날아다니기도 한다.

성충이 된 수컷은 입이 퇴화하고 눈이 커진다. 애벌레일 때 왕성하던 육식의 본능도 사라지고 짝을 찾는 동안 이슬만 먹고 산다. 커다란 눈으로 암컷이 보내는 희미한 빛을 찾아내야 한다. 암컷은 날개가 퇴화하여 날 수가 없다. 풀숲에서 수컷을 기다린다. 그들은 성충이 되고 보름 정도면 죽는다. 그사이 서둘러 짝을 찾아야 한다.

그들의 빛은 암수 모두 구애와 유혹의 신호이다. 자기 종족을 남기기 위한 간절한 바람이다. 암컷보다 수컷의 개체 수가 훨씬 많다. 수컷은 사랑을 얻기 위해 강하고 선명한 빛을 발산해야 한다. 짝을 만나기 어려운 건 그들이나 인간들이나 별반 다르지 않다. 수컷은 더 멀리 더 높이 날아다니며 사랑의 세레나데를 부른다. 짝을 만나 사랑을 나눈 수컷은 죽는다. 암컷도 알을 낳은 후 죽는다. 알을 지켜주지도 못하고 죽는 어미의 마음이 오죽하랴. 자연의 순리가 무정하다.

어미 반딧불이는 이백여 마리의 알을 낳는다. 그중 성충이 되는 수는 얼마나 될까. 알은 물속에서, 애벌레는 물가 흙 속에서 일 년 정도 지낸다. 천적에게 잡아먹히지 않고 먹이를 찾아 살아남아야 한다. 삶의 방식을 터득하고 의연하게 살아남아 짝을 만나기 위해 밝은 빛을 발하리라. 땅속에서 보낸 삼백여 일의 시간, 기다림의 시간이다. 긴 시간 끝에 만나는 짧은 그들의 사랑과 이별이 애틋하다.

시부모님 생각이 났다. 두 분이 어렸을 때는 호박꽃에 반딧불이를 넣고 호롱불처럼 들고 다녔다고 한다. 호박꽃 초롱을 들고 걸어가는 어린 계집아이와 사내아이를 상상해 본다. 불빛은 어두운 밤길에 어름어름 그림자를 만든다. 초롱은 아이의 걸음새를 따라 사뿐사뿐 춤을 춘다. 여름밤, 아이들의 얼굴에는 허옇게 버짐 핀 사이로 수줍은 미소가 피어났을 것이다.

　이웃 동네에 살던 소녀와 소년은 스무 살이 갓 넘은 나이에 부부가 되었다. 부부는 아들 셋을 낳고 키우며 평생 부지런히 일했다. 아버님은 고단하게 살아가는 어머님이 안쓰러워 하루라도 빨리 가난에서 벗어나자고 다독였다.

　하지만 아버님에게 평온한 노후는 허락되지 않았다. 칠십을 갓 넘긴 나이에 생의 모든 짐을 내려놓으셨다. 병실에서 기운이 없는 눈으로 어머님을 바라보던 모습이 눈에 선하다. 독한 진통제를 맞는 힘든 시기였는데도 미소를 머금고 아내를 사랑스럽게 바라보고 있었다. 반딧불이처럼 생에 마지막 힘을 다해 빛을 보내고 있었다. 아쉬움과 미안함과 고마움이 섞인 사랑의 눈빛이었다. 고생한 아내에게 호강 한번 시켜주지 못하고 떠나는 남편은 병실 침대에 한참을 모로 누워 있었다. 아버님의 등 뒤에서는 링거병에서 수액이 그의 눈물처럼 뚝뚝 떨어져 내렸다.

　생명이 있는 모든 것은 생이 유한하다. 숲의 나이에 비하면 인간의 수명은 너무나 짧다. 반딧불이의 불꽃 같은 사랑 앞에서 나의 사랑은 어떤가 되돌아본다. 사느라 바빠 감정은 무뎌지고 상처를 주기도 하고 후회되는 순간들도 많다.

　일행들의 목소리가 어두운 숲길에 낮게 흐른다. 풀벌레 소리와 나뭇잎 부딪히는 소리가 간간이 들린다. 밤하늘에 별이 빛난다. 보름을 막 지난 환한 달빛이 나뭇잎 사이를 환하게 비춘다. 숲에 신비한 별이 빛나는 밤, 사랑한다고 고백하고 싶어지는 밤이다.

지상의 정원

바람이 숲을 깨운다. 사르륵 사르륵, 갈맷빛 치맛자락을 끌며 지나간다. 서두르지 않는다. 세상의 이야기를 들려주려 상수리나무의 열매를 가만가만 흔든다. 번화한 도시의 골목길을 지나고 작은 시골 마을도 지났다. 채석장에서 돌을 줍는 아이들을 만났다. 병들고 굶주린 사람들도 보았다. 사막과 빙하와 너른 들판을 지나온 이야기를 들려준다. 낯선 바람이 부는 아침은 작은 풀벌레도 동박새도 이야기를 듣느라 초록빛으로 재잘댄다.

여름이 되자 곶자왈은 초록으로 넘실댄다. 코끝을 세워 숲의 냄새를 맡는다. 흙 비린내, 이끼 냄새, 풀꽃과 나무가 뿜어내는 향기, 살아있는 것들의 숨결이다. 장마 끝자락의 습기가 빽빽한 나무 틈에 남은 어둠의 잔영에 섞여 낮게 흐른다. 숨을 깊게 들이마시고 뱉는다. 널뛰던 생각들이 차츰 가라앉는다. 숲의 정령들이 생각은 잠시 내려놓으라고 다독이는 것 같다.

껍질이 거북의 등처럼 갈라진 늙은 소나무를 안아본다. 거칠고 딱딱한 질감 너머에 생명의 따뜻함이 전해져온다. 나지막이 그에게 안부를 묻는다. 씨앗이 흙 속에 뿌리를 내리고 여린 줄기가 아름드리로 자라온 시간이다. 질곡의 역사 속에 한 자리를 지켜내기란 얼마나 어려운 일인가. 늙은 소나무의 씨앗은 어디서 왔을까. 풀도 나무도 곤충도 새도 어딘가에서 와서 터를 잡고 가족이 되고 이웃이 되었다.

숲길에 야자 매트가 깔려있다. 흙길보다 폭신하다. 폭은 두 사람이 나란히 걷기에 적당하다. 다른 곳엔 들어가지 말라는 의미일까. 이 길을 따라가면 헤매지 않을 거라는 안내자 같기도 하다. 사람들의 발길이 많았는지 짜임새가 헐거워졌다. 걸음걸음이 매듭 마디마디에 무형의 자국으로 스며들었다. 퇴색한 나뭇잎의 조각들, 일찍 떨어져 버린 작은 꽃들이 야자 매트 위에 삶의 잔해처럼 뒹군다.

연녹색 잎을 부채처럼 펴고 어린나무가 엉거주춤 서 있다. 종려나무다. 숲에 종려나무라니. 어디서 와서 이리 자라고 있을까. 연둣빛 줄기가 낯선 땅에서 살아내기에는 여리게만 보인다. 무럭무럭 자라는 모습이 대견하다. 가뭄을 견디고 돌 틈에 뿌리를 내려 푸른 싹이 돋아나던 날, 이웃들이 그의 머리를 쓰다듬어 주었을 테다. 바람이 기름진 흙을 나르고 하늘에선 비가 촉촉이 내렸다. 살아있는 것들은 서로서로 북돋고 의지하며 살아내고 있다.

어린나무를 보며 그녀를 떠올렸다. 까무잡잡한 얼굴에 갈래머리를 한 게 인상적이었다. 갓 스물이 넘은 나이에 작은 시골 마을로 결혼이민을 왔다. 나이 많은 남자에게 시집온 새댁을 보려 동네 사람들은 담장을 기웃거렸다. 머지않아 아무도 모르게 도망갈지도 모른다고 수군거리는 이들도 있었다. 경계와 의심의 눈빛이 그림자처럼 따라다녔다. 그녀는 가슴에 누름돌을 얹고 마른 땅에 뿌리를 내렸다. 편견 없이 다독이는 이들이 있어 새로운 삶을 꾸려 갈 힘을 얻었다. 타국에서 살아가는 그녀의 모습은 암반 위에서 뿌리를 내리는 어린나무 같다.

우리의 처지라는 게 숲에 떨어진 종려나무 씨앗 같을지도 모른다. 예고도 없이 그저 낯선 곳에 던져지기도 한다. 하지만 생명이란 게 얼마나 이기적이던가. 끈질기게 때로는 영악하게, 살아남기 위해 몸부림친다. 빛을 찾아 더 높이 고개를 쳐들고 몸피를 불린다. 시기하고 질투하고 싸우고 미워도 한다. 그러다가도 용서하고 화해하면서 함께 나아간다. 어깨를 걸고 오늘을 살아간다. 어린나무도 그렇게 살아남았으면 좋겠다. 늙은 나무가 내어준 자리에서 빛을 받고 양분을 먹으며 숲의 식구로 살아가면 좋겠다. 생명은 죽은 것 위에서 태어나 자란다.

그리고 살아있는 것 사이에서 죽는다. 탄생과 소멸의 순환 속에 크고 작은 존재들이 모여 숲의 이야기를 만든다.

긴 장마에 숲은 푸르다 못해 진녹색으로 자지러지게 아우성을 친다. 여름 햇살을 받으며 더 맹렬하게 초록의 세상으로 치닫는다. 초록은 생명과 순환의 빛이다. 바람과 물은 머물러 있지 않고 끝없이 움직인다. 바다와 빙하를 달려 숲에 도착한 바람은 나무에 스민다. 씨앗을 나르며 연두로 피어나는 생명의 고리를 만든다. 초록은 때때로 지루하지만 평온하다는 뜻이며 무탈하다는 의미다.

낯설고 약한 것들을 품어 안은 숲에서 어머니의 사랑을 본다. 자연 속에 있는 모성을 느낀다. 지구가 품은 정원, 숲은 지상의 정원이다. 우주의 생명체가 가진 모성과 숲이 가진 모성이 다르지 않다. 멀리 떠나오고 어머니의 너른 품이 더욱 그립다.

집 뒤편에 있는 오름 중턱에 서면 곶자왈과 모슬포 바다가 보인다. 여름밤, 어선에 집어등을 밝히고 갈치잡이가 한창이다. 불빛이 물아래로 길게 기둥을 심고 밤늦게까지 물결에 일렁인다. 마음은 마을을 건너 멀리 떠난다. 반짝이는 불빛을 따라 유년의 바다가 넘실댄다. 그녀도 자기가 떠나온 고향을 그리워할까.

외국에서 온 새댁의 고향은 저 바다 건너 어디쯤일까 궁금해진다. 바다를 보며 고향 친구들과 친정 식구들을 떠올리겠지. 외로움에 자주 눈시울을 적실까. 해맑게 웃는 얼굴 속에 꺼내지 못하는 그녀의 이야기가 듣고 싶어진다. 얼마 전 동네 아낙들과 우리집에 잠깐 들른 적이 있다. 사람들과 어울려 살아가는 모습이 연두의 시간을 보내고 단단한 줄기에 새잎이 돋는 것 같았다. 나도 모르게 안심이 됐다.

나무 사이로 빛이 내린다. 나무와 나무 사이로, 나무와 돌 사이로, 돌과 풀들 사이로 달빛이 스며든다. 존재와 존재가 어우러진 길이다. 아주 오래전 누군가 처음으로 밟았던 땅을, 어제도 누군가 이 길을 걸었을 것이고 내일 또 누군가 걸어올 것이다.

우리들의 크고 작은 사연들이 포물선이 되어 숲 언저리에 얹힌다. 그래서 숲은 밤마다 조금 더 넓어지고 더욱 깊어지는 것은 아닐까. 숲에는 서로 다른 것이 모여 산다. 크고 작은 것, 굵고 가는 것 그리고 모나고 둥근 것이 모여 커다란 곡선을 만든다. 밝은 빛 아래에 깊은 어둠이 있다. 보이는 것과 보이지 않는 것이 함께 살아간다. 서툴고 부족한 것들이 서로를 인정하고 끌어안고 있어 둥글고 푸르르다.

할머니의 점방

마을회관 앞마당에 팽나무 한 그루가 우직하게 서 있다. 뿌리를 깊게 내리고 오랜 세월 사람들과 함께했다. 예전에는 사람들이 나무 그늘에 모여 있는 모습을 흔히 볼 수 있었다. 사는 게 바빠진 요즘, 사람들의 모습은 모이지 않고 승용차 두어 대만이 햇빛을 피하려고 그늘 안으로 바짝 들어서 있다. 변해가는 마을을 보며 나무는 무슨 생각을 할까. 나무는 빈 의자에 그림자로 길게 누운 채 말이 없다.

마을이 많이 변했다. 점방 하나가 고작이던 시골 동네에 편의점과 음식점, 숙박 시설과 작은 카페도 생겼다. 이곳저곳에 아파트를 짓는 공사가 한창이다. 땅을 사겠다는 사람이 드나들자 마을이 술렁였다. 사람들은 '나도 편하게 살아 보겠다.'며 땅을 팔고 고향을 떠났다. 떠난 이들은 굳은살이 박인 손으로 무엇을 하며 살고 있을까. 그들의 바람처럼 편하게 잘살고 있을까. 땅이 외지인 손에 넘어가고 개발이란 이름으로 파헤쳐지는 현실이 안타깝고 씁쓸하다.

편의점 자리에 허름한 점방이 하나 있었다. 주인 할머니가 돌아가시고 한참 뒤에 자리를 넓혀 편의점이 들어섰다. 점방 안은 불을 켜도 어둑했다. 시댁에 갈 때면 아이들의 손을 잡고 점방에 들렀다. 할머니는 한지 바른 방문 문턱에 앉았다가 문을 열고 들어서는 내게 호기심 어린 목소리로 묻곤 했다.

"누겐고?"

"연못 앞에 파란 지붕 집의 샛메누리우다."

고른 과자와 돈을 내밀면 할머니는 온돌 바닥에 펑퍼짐한 엉덩이를 밀며 동전통에서 잔돈을 세어 준다. 아이들에게 "고놈들 잘생겼쩌."라고 기분 좋은 말도 잊지 않는다. 할머니 웃는 얼굴에 주름이 깊게 패었다. 그 주름살에서 인자함이 샘솟는 건 아닐까 하고 생각하곤 했다. 그녀의 푸근함 덕분인지 점방에는 드나드는 사람이 많았다.

점방은 동네 사람들의 사랑채이고 마을 소식을 들을 수 있는 공간이다. 겨울밤, 점방에는 시골 아낙들이 모여 종종 밤참 내기 화투치기를 했다. 어느 날은 무를 숭덩숭덩 썰어 넣고 메밀 수제비를 만들었다. 혹시나 들어오라고 불러주지 않을까 싶어 방 안을 기웃대던 기억이 난다. 아낙들에게 놀이는 핑계고 살아가는 이야기를 나눌 공간이 필요했을 것이다. 눈물로 옷섶을 적시다가도 누군가의 농담에 한바탕 웃고는 아픈 속을 털어낸다. 그들의 삶은 눈물과 웃음이 섞여 겨울밤 메밀 수제비 국물처럼 따뜻했으리라.

점방 안에는 여러 가지 냄새가 스며있다. 그중 제일 그리운 건 보리차 끓이는 냄새다. 갓 볶은 보리의 구수한 향이 주전자 주둥이에서 뿜어져 나와 수증기를 따라 허공 속을 날아다녔다. 할머니는 보리차에 흑설탕을 타서 마셨다. 이상한 습관이라 생각하면서도 보리차를 얻어 마시는 날에는 희미한 단맛이 입안을 굴러다녔다. 할머니가 돌아가셨다는 소식에 그녀의 보라색 스웨터가 눈에 밟혔다. 보리차를 주던 스웨터 소맷자락에 보풀이 몽글몽글 피어있었다. 내 할머니를 여읜 것처럼 허전하고 쓸쓸했다.

개발의 열기는 조용하던 중산간 마을로까지 번지고 있다. 불도저처럼 점방과 밭담을 허물고, 골목과 농로를 넓혀 나간다. 높은 건물들이 생겨났다. 얼마 전에 오름 자락에 여러 채의 아파트 건물이 들어섰다. 레고 블록처럼 들어앉은 모습이 어색하기만 하다. 곶자왈 근처에도 백여 세대의 아파트가 들어선다고 한다. 개발로 인한 공사소음으로 평화롭던 숲이 파괴되지 않을까 걱정이다.

반딧불이가 자랑인 마을이다. 유월이 되면 반딧불이 별처럼 빛나는 걸 볼 수 있다. 작년 여름, 숲속 가득 반딧불이들이 반짝거리던 모습은 황홀하고 신비스러웠다. 올봄 아파트 건물이 괴물처럼 올라가는 모습을 보니 덜컥 걱정스럽고 불안감이 밀려온다. 그 아름다운 풍경을 얼마 동안이나 볼 수 있을지 의문이다. 자연을 훼손하지 않는 개발이란 없는 것일까.

시골 마을이 변해간다. 마을이 품고 있던 아늑하고 조용한 정겨운 모습이 사라져간다. 도시와 다름없는 시골이 얼마만큼의 가치나 매력이 있을 것인가. 시골은 오솔길, 숲길, 골목길이 어우러진 곡선이 품은 이야기가 있는 곳이다. 자연의 품속에 있는 모습이 시골다움이 아닐까. 아파트 건물에 높은 담장을 두르고 시골 사람들과 다른 삶의 방식으로 살아갈 그들을 생각한다. 생각만으로도 어색하고 답답한 일이다.

생각을 깨우듯이 멀리서 경운기 소리가 들린다. 갈옷에 밀짚모자를 눌러쓴 농부가 털털거리는 경운기를 몰고 지나간다. 아이들과 아버님이 운전하는 경운기를 타곤 했다. 울퉁불퉁한 농로를 달리면 탈탈거리는 진동에 맞추어 엉덩이는 쉴 새 없이 달싹거렸다. 우리는 서로의 모습이 우스워 경운기 기둥을 붙잡고 깔깔댔다. 아버님이 돌아가신 이후론 그 재미도 아련한 추억이 되어 버렸다. 흙먼지가 날리던 농로도 시멘트와 아스팔트로 매끈하게 포장되었다.

우리에게 행복을 주는 건 작고 소소한 일상이다. 사랑하는 사람들과 정들었던 것들이 사라지고 잊히는 게 애달프다.

4부

자국에 새살이
돋아나고

물음표 그리고 느낌표

동굴 계단을 천천히 내려갔다. 어둠의 입구에서 본 하늘은 희끄무레하다. 비가 올 모양이다. 안으로 걸어 들어간다. 낯선 어둠을 마주하자 오감이 당황하여 주춤거렸다. 호흡을 따라 습하고 차가운 공기가 폐 안으로 스며든다. 똑똑 떨어지는 물방울 소리가 내 귀를 열었다. 어둠 안에 있으니 청각이 더 예민해진다. 서늘한 공기가 맨살 팔뚝에 와 닿았다. 지상에서 한껏 달아올랐던 몸은 잠깐 사이에 한기를 느낀다. 오슬오슬 닭살이 돋았다.

문학단체 하계세미나에 참여하여 이틀째 일정인 만장굴 안을 걷고 있다. 마음이 무겁다. 어둠 속을 걸어 들어갈수록 어떻게 글을 써야 하는가, 하는 막막함과 작가의 길을 선택한 나의 무모함이 추를 매단 듯이 무겁기만 하다. 작가로서의 나는 여전히 어둠 속을 걷듯 서툴고 불안하다. 동굴 안 어둠이 차츰 익숙해진다. 어둠은 인간들이 설치한 전등 불빛에 그 힘을 다소 누그러뜨리고 있다. 사람들의 수런거리는 소리가 무거운 공기와 섞여 가늘고 긴 울림을 만든다. 그 울림은 깊숙한 곳에서 들리는 비밀스러운 속삭임처럼 느껴졌다. 일행들은 이미 동굴 안으로 들어갔는지 보이지 않는다.

일행들은 문화해설사인 K 시인의 해설을 들으며 동굴 깊은 곳으로 걸어가고 있다. 해설사는 동굴 벽면과 천장과 바닥까지 손전등을 비춰주며 용암동굴의 특징들을 설명해주었다. 거친 물살처럼 뜨겁게 꿈틀대던 용암의 흔적이 동굴 안에 새겨져 있다. 동굴의 굴곡이 마치 거대한 뱀이 느릿느릿 지나가며 만들어 놓은 길 같다.

거북이를 닮았다고 거북바위라고 부른다고 했다. 한쪽 벽면에는 예술가의 손처럼 마디가 긴 손가락을 닮은 형상과 불보살의 모습을 담은 탱화처럼 보이는 형상도 있었다. 오랜 기간 지하수가 암석을 녹이며 흐르거나 떨어지면서 만들어낸 것들이라고 한다. 저마다 의미를 부여하니 그것들은 내게 와 꽃이 되었다.

동굴이 생겨나던 시절, 세상에는 어떤 일들이 있었을까. 한여름 푸른 바다 위로 솟아오르는 붉은 태양처럼 끓어오르던 마그마가 땅 위로 솟구치던 그 순간, 흘러넘친 용암은 세상을 바꾸었다. 없던 게 생겨나고 있던 게 사라지는 창조와 소멸의 시간이었다. 용암이 거센 강물처럼 흘렀다. 지하 세상에 길이 생겼다. 인류가 겪었을 혼돈의 시대를 느껴본다. 그 혼돈의 시절에도 언어가 있고 문학이 있었을까. 세상도 문학도 창조와 소멸을 거듭하며 존재해 온 것이 아닐까. 손전등의 빛을 따라 물음과 호기심이 물줄기처럼 솟아오른다.

벽면 암석의 굴곡진 곳에 손전등이 멈췄다. 촘촘하게 박혀 있는 까맣고 작은 돌기들을 비추며 해설사가 흑진주라고 우스갯소리를 했다. 따라 찍던 사진기 안에 하트 모양의 영상이 잡혔다. 어둠과 굴절된 빛이 만나 생긴 찰나의 우연이다. '흑진주를 품은 사랑인가?' 혼잣말을 하며 영상을 가로로 눕혀보니 물고기 꼬리 모양이다. 흑진주로 치장한 인어의 꼬리 같다. 천년의 시간 속에 동굴 안에 있었을 법한 생명, 인어 이야기가 내 안에 펼쳐졌다.

옛날 아주 먼 옛날, 어느 어촌마을에 갓 혼례를 치른 신랑 각시가 살았다. 혼례를 치르고 얼마 안 돼 신랑이 고기잡이 갔다가 죽고 말았다. 이 사실을 모르는 어린 각시는 뱃속의 아기와 매일매일 신랑을 기다렸다. 태풍이 심하게 불던 어느 날 바닷가에서 신랑을 기다리던 각시는 거친 파도에 휩쓸려 죽게 되었다. 사랑의 신이 그들을 안타깝게 여겨 환생시켜 주기로 했다. 바다가 삶의 터전이었던 그들은 환생한 곳도 바닷속이었다. 기억을 남겨두는 대신 인간 세상으로 들어가면 안 된다는 게 환생 조건이었다.

아기를 데리고 신랑 각시는 행복했다. 바다를 통째로 뒤집어 놓을 듯한 태풍이 불어오던 날 그들은 동굴로 숨어들었다. 평화로운 공간이었다. 노래를 부르자 소리가 웅웅 메아리쳤다.

둘은 아이들을 많이 낳았다. 아이들에게 동굴은 놀이터였다. 어둡고 긴 지하 강을 헤엄쳐 가던 어느 날 천장 조그만 틈 사이로 희미한 푸른빛이 밤하늘의 별처럼 반짝였다. 기억 속에 있던 빛이다. 초록 잎이 섬광처럼 스쳤다. 신랑 각시는 인간으로 살았던 이야기들을 아이들에게 들려주었다.

"돌담을 따라 무더기로 피어 있는 인동꽃 위에서 무르익던 오뉴월의 석양은 눈이 부셨단다. 그 쪼그마한 꽃 끝을 깨물어 빨면 꽃향기를 품은 단물이 혀끝에 녹아 잠시나마 허기를 달래주곤 했지. 친구들과 바닷속을 숨비다가 고개를 들면 잔파도에 코끝이 간지러웠어. 까맣게 그을린 목덜미 위로 태양이 내리쬐면 강아지풀이 손안에서 움직이는 감촉처럼 간지러우면서도 따끔거렸어. 가난한 삶 속에서 자식들 굶겨 죽지 않게 해주십사 간절한 소원을 품고 푸른 새벽녘에 마을 어귀를 돌아 당으로 걸어가던 어머니 치맛자락은 조난자의 깃발처럼 허옇게 펄럭였단다." 이야기 사이사이로 침묵이 흘렀다. 이야기는 낯선 세상에 대한 동경과 그리움이 녹아 어둠 속의 아이들 마음 안으로 강물처럼 흘렀다.

어둠 속에서 사는 생물들이 그렇듯 눈은 멀고 오직 청각만이 또렷하게 살아남았다. 자손들은 조상들의 이야기를 기억했다. 전해오던 이야기들을 동굴 안에 징표처럼 남겼다. 바다 친구 거북을 조각했다. 바닥에서 천장까지 소원성취를 기원하는 돌무더기 탑을 쌓는다. 벽에 조상들의 극락왕생을 기원하는 탱화를 조각해 놓았다. 새기고 쌓으면서 그들은 미래의 인간들에게 주문처럼 속삭인다.

"오감을 열어요. 상상력의 날개를 달아요. 의심하지 말고 보이지 않는 세상에 대해 즐거운 상상을 해보세요."

나는 어둠 속에 서서 자연이 들려주는 비밀스러운 속삭임을 듣는다. 자연이 써놓은 이야기책 한 페이지를 읽어내고 있다.

오랜 시간이 흘러 동굴 안의 물이 마르고 그들도 점점 사라져갔다. 이제 신랑 각시의 자손들은 유영하는 하얀 그림자일 뿐이다. 하얀 그림자가 어둠 속으로 막 스며들려던 순간이었다. 찰칵! 찰나의 순간에 흑진주를 주렁주렁 달고 있는 꼬리가 빛의 그물에 잡힌 것이다.

동굴 밖으로 나왔다. 가늘게 비가 내리고 있다. 뿌리가 바위를 움켜쥔 채 버티고 서 있는 밑동을 훤히 드러낸 나무들이 보였다. 덩굴식물들은 큰 나무의 가지에 의지해 가늘고 긴, 허연 뿌리를 동굴 천장에 늘어뜨리고 바람에 춤을 추고 있다. 거친 삶의 터전을 가진 자들의 모습이 저러할까. 선명한 초록빛이 더욱 처연하다. 작가는 무엇을 움켜쥐고 버려야 저리도 생명력 넘치는 푸른빛을 피워낼 수 있을까.

동굴 안을 돌아본다. 공중에 허연 뿌리를 드러낸 가녀린 덩굴식물 같은 나는 초록빛을 갈망하며 빛과 어둠의 경계에 서 있다. 자연은 보이지 않는 세상을 향해 오감을 열고 즐거운 상상을 해보라고 속삭인다. 작가는 어둠 속에서 빛을 봐야 하고 빛 속에서 어둠을 볼 수 있어야 한다고 말하고 있다.

동굴 곳곳에 천년의 시간을 새겨놓은 물방울의 힘, 그 멈추지도 서두르지도 않는 물방울의 부지런함이 마음에 맺혀 길게 침묵하게 했다. 익숙하고 당연하게 여기던 것에 물음표를 던져라. 물음표 속에서 나만의 느낌표를 찾아내는 일, 글을 쓴다는 건 평범한 일상에 느낌표와 물음표를 만들며 창조와 소멸을 자유롭게 하는 일이다. 상상력은 천년의 시간으로 들어가는 힘, 그 힘은 시간과 공간의 경계를 지운다. 보이지 않는 세상을 동경하고 전설 같은 이야기 하나 가슴에 품고 설레는 마음으로 비 오는 길을 천천히 걸어 나왔다.

잡초

텃밭이 생겼다. 남편이 마당 귀퉁이 땅을 일궈 만들었다. 두 평 남짓 된다. 허드레 땅으로 잡초가 무성했던 곳인데 며칠 동안 힘쓴 덕분에 모양이 제법 그럴싸하다. "막 좋수다게." 장난감을 얻는 아이처럼 기뻐하며 남편의 노고를 위로했다. 역시 농촌 생활의 낭만은 텃밭이지, 속웃음을 흘리며 좋아했다.

벽돌과 돌멩이를 네모지게 이어 마당과 경계를 두었다. 가운데 나무막대기를 십자로 놓고 네 칸으로 나눴다. 한 칸에는 상추와 열무 씨를 뿌리고 다른 칸에는 고추와 가지, 부추와 쪽파, 깻잎 모종을 나눠 심었다. 울타리 둘레에 호박 모종도 심었다. 아삭아삭하고 싱싱한 채소로 밥상을 마주한 듯 벌써 뿌듯하다.

그동안은 집과 떨어진 밭에 채소를 심었다. 수확할 때를 놓치면 벌레들 먹이가 되는 일이 다반사였다. 궁리 끝에 코앞에 심어 놓기로 한 것이다. 아침저녁으로 텃밭 관리도 하고 밥상을 차릴 때마다 바로바로 먹을 수 있으니 얼마나 좋은가. 언제까지 바지런을 떨지 걱정하는 남편을 뒤로하고 물을 주며 콧노래가 절로 나온다. 여봐란듯이 해볼 참이다.

설렘은 잠시였다. 채소의 싹이 올라오기도 전에 잡초 싹이 먼저 고개를 내민다. 처음에는 한두 개, 다음 날엔 푸릇푸릇하다. 저녁에 풀을 뽑고 나면 다음 날 아침엔 다른 데서 올라온다. 땅속에 풀씨를 숨겨놓고 있는 걸까. 아차, 원래 잡초가 무성했던 땅이란 걸 잊었다. 그들의 구역에 우리가 비집고 들어선 것을 왜 간과했을까.

손바닥만 한 땅이라도 씨를 뿌리면 부지런해야 한다. 잠깐만 소홀해도 채소는 잡초에 묻히거나 억세어지기 일쑤다. 먹성 좋은 벌레들과의 경쟁도 만만치 않다. 잠깐만 방심하면 벌레에게 내주기 일쑤다. 생존을 위한 끈질긴 투쟁과 경쟁이 있을 뿐이다. 흙 속에 낭만은 없다. 땅의 일꾼들은 성실하다. 개미, 지렁이, 안 보이는 세균, 박테리아들, 그들의 부지런함을 어찌 당해낼 것인가.

나쁜 습관도 잡초 같은 것일까. 미루는 습관을 고치려고 애쓰고 있다. 할 일을 메모하고 한 일은 줄을 친다. 잠깐 정신을 놓으면 야무지게 다짐한 일들이 밀린 빨래처럼 메모지에서 쉰

내를 풍긴다. 미루지 않기, 이 습관 하나 고치기가 왜 이리 어려운가. 내 몸에 강하게 뿌리내리고 살며 작심삼일이지, 나를 비웃는다.

좋은 습관을 들이는 과정은 척박한 땅에 상추 모종 심어 키우는 거랑 비슷하다. 뿌리를 내리기가 쉽지 않다. 자칫하면 죽어버린다. 물을 주고 비료도 주고 벌레도 잡아줘야 한다. 잡초를 뽑아 성장을 방해하는 것들에게서 돌봐줘야 한다. 좋은 습관 하나 지켜내는 건 관심과 '성실한 반복'이라는 게 필요하다. 습관을 만드는 과정에도 자기 자신과 싸우는 시간이 필요하다.

잡초 뽑는 일에 열을 올리자 "잡초를 어떻게 이기겠냐."며 남편이 웃고 지나간다. 채소가 자라는 데 지장 없을 정도만 하고 놔두라고 한다. 무슨 말인가. 잡초 없는 텃밭을 일구리라 다짐한다. 손톱에 까만 초승달이 생기는 줄도 모르고 김을 맸다. "아이구, 쉬운 게 어신게.", 허리를 짚고 일어서며 혼잣말했다. 내 모습을 보며 꽃밭에서 금잔화가 미덥지 않은 얼굴로 슬금슬금 웃는다.

지난밤에 비가 많이 왔다. 어린 모종들이 물에 쓸려 갈까 봐 걱정되었다. 아침에 나가 보니 반은 쓸려 나가고 반은 살아남았다. 흙 속에 뿌리를 내린 모종들이 기특하다. 자세히 보니 잡초들이 모종 주변에 함께 살아남았다. 잡초들이 모종들을 잡아준 걸까. 잡초를 전멸하려 애쓰는 게 어리석은 일은 아닐까. 남편 말대로 채소가 클 만큼만, 딱 그만큼만 잡초를 뽑아야겠다. 타인에게 피해를 주지 않는 습관이라면 좀 너그러워져도 되지 않을까 싶어진다. '내 자신을 등불로 삼고' 살아가면 어떨까. 좋은 습관에 더 집중하고 나쁜 습관은 수행 과제로 삼고 살아가리라. 상추와 고추의 싹이 자라고 커가는 모습을 본다. 잡초를 뽑듯 나의 삶을 보듬으며 살아가도 좋겠다. 단점도 가슴 깊숙이 발효시켜 삶의 기름진 토양으로 만들어 봐야겠다.

TV, 귀양 보내다

  텔레비전을 보지 않겠노라고 선언한 지 보름째다. 거실 중앙에 떡하니 버티고 있는 요물단지가 자꾸 나를 유혹한다. 대청소도 해야 하고 책도 마저 읽어야 한다. 할 일은 산더민데 요 녀석이 '이따가 하라.'고 나를 잡아끈다. 녀석이 보내는 추파에는 번번이 지고 만다.

  아이들이 없는 틈을 타서 녀석을 살려냈다. 배꼽이 빠지게 웃고 있는데 현관문을 열고 두 아이가 뛰어 들어온다. "엄마! 반칙!" 이런다. 아이들 몰래 보려다 딱 걸렸다. 바로 끌 수도 없다. 아이들은 엄마만 특혜를 보는 거라며 억울해할 테니 말이다. 체면이 말이 아니다. 한발 물러섰다. 꼬투리를 잡아 텔레비전을 끄게 해야 한다. 가자미눈을 하고 호시탐탐 기회를 노린다.

  녀석은 눈을 다소곳이 내리깔고 제 할 일만 한다. 시치미를 뚝 떼고 있는 모습을 보니 녀석의 소행이 괘씸하다. 꾐에 넘어간 나의 약한 의지를 탓해본다. 요놈의 유혹에 하루 반나절을 내주고 말았다. 다 저녁이 되어서야 일을 하느라 부랴부랴 수선을 피운다. 녀석의 달콤한 유혹이 아니었다면 집안일이 밀리거나 시간을 죽이는 일은 없었을 테다. 모두가 이 요망한 것 때문이다.

매번 이리 골탕을 먹이니 도저히 안 되겠다. 궁여지책, 내 너를 귀양을 보내리라. 멀리 눈에 띄지 않는 곳으로 보내고 말리라. 아이들의 읍소에도 불구하고 유배지를 결정했다. 녀석은 중고 가게에서 온 사람의 손에 끌려간다.

"나는 당신들이 시키는 대로 했소. 나오라 하면 나오고 물러가라 하면 물렀소. 내가 단지 오락거리에 불과했소? 아니요. 나는 당신들에게 웃음을 줬고 감동도 줬소. 다양한 정보도 주지 않았소. 혼자 밥 먹을 때는 밥 친구가 돼 주었고 심심해하는 아이들에게는 친구가 돼 준 게 나요. 무엇을 잘못했길래 나를 내치는 게요."

녀석의 항변이 앙칼지게 들리는 것 같다. 하지만, 너의 그 오락성이 문제다. 네 생각이 없이 시키는 대로 하는 게 문제다. 내 시간을 뺏은 게 너의 죄다. 잘 가거라. 내 오랜 동무야. 심히 유감이나 어쩌랴. 심약한 나를 버릴 수 없으니 너를 버린다.

뜻밖의 이별에 아이들이 창에 매달려 서럽게 울었다.

수학 점수

"엄마! 꽃이 열 송이나 폈어요! 정말 대단하지 않아요?"

요사이 작은 아이는 일어나자마자 베란다 창가에 놓인 화분을 살피는 일을 맨 먼저 한다. 봉숭아꽃이 어제보다 한 송이 더 폈다고 수선이다. 특별한 게 없어 보이는데도 아이는 한참이나 꽃 속에 정신을 놓다 내게 다가온다. 아침 준비하는 나를 뒤에서 가만히 안는다. 잠시 후에 작은 종지에 물을 담아 봉숭아꽃에 물을 준다. 매일 물주지 마, 뿌리가 썩을지도 몰라. 나의 걱정에 그래서 목마르지 말라고 조금씩 주는 거란다.

씨앗을 심고 아무것도 없는 흙에 대고 "얼마나 자라고 있을까요? 흙 속을 보고 싶어요." 그랬었다. 떡잎이 나고 잎이 자라면서 아이는 매일 내게 얼마나 자라고 있는지 알려주었다.

"이 녀석아! 꽃에 정성 들이는 만큼 수학 문제 풀 때 집중

좀 해라. 이 점수가 뭐냐?"

"엄마, 수학은 죽지 않잖아요. 근데 얘는 내가 봐주지 않으면 죽어요. 그러니까 매일 봐줘야 한다구요." 봉숭아꽃에 아예 코를 박고 향기를 모두 빨아들일 모양이다. 낮은 점수에 기막혀 죽겠는데 아이는 태평이다.

작은 아이는 수학 문제 푸는 것보다 책 읽는 걸 좋아한다. 꽃과 나무를 관찰하는 걸 좋아하고 내 앞에서 이야기하는 걸 좋아하는 아이다. 무거운 걸 들고 있으면 짐을 나눠 들어 준다. 일하는 엄마가 힘들다고 밥을 하고 기다리는 아이다. 부드러운 계란말이를 만들 줄도 알고 할아버지가 병원에 입원했을 때는 핫케잌을 만들어 드셔 보시라고 하는 아이다.

이런 아이가 수학 과목을 힘들어한다. 어렸을 때부터 수학 공부를 시켰어야 했는데 짐짓 그냥 잘 크겠지 놔둔 이유일 수 있다. 큰아이 담임선생님을 만날 때는 나의 얼굴에 미소가 그득하다. 하지만 작은 아이 담임선생님을 만날 때는 내가 뭔가 잘못한 기분이 드는 건 무엇 때문일까. 성적이 행복을 결정하지 않는다는 걸 알면서도 시험지 점수가 자꾸 나를 시험하곤 한다.

점수는 아이의 학습능력을 평가하는 기준이 되기도 하지만 엄마로서의 나를 평가하는 점수이기도 하다. 맞벌이한다고 큰아이에게보다는 소홀했던 게 사실이다. 큰아이는 학습프로그램 세워 책 읽어주고 수 개념 익혀주고 글을 가르쳤다. 그러다 두 살 터울로 작은 애를 낳고는 산책하고 책 읽어주며 안아서 뒹굴었다. 동산에서 쑥도 캐고 그랬다. 아이 탓만을 할 일은 아니다. 지난 일들을 돌이켜보면 내 탓이지 싶다. 그런데도 시험 점수만 보면 울컥 부아가 치민다.

책가방을 메고 배웅하는 나를 껴안고 속삭인다. "엄마 오늘도 행복한 하루 되세요." "그래, 너도 잘 지내. 선생님 말씀할 때 집중하고 친구랑 사이좋게 지내고, 알았지? 사인한 시험지는 챙겼지? 오늘 수학 문제지 쉬운 거 사다가 찬찬히 풀어 보자. 괜찮지? 네가 수학 싫어할 때마다 엄마 속상해." 여전히 점수의 숫자에만 연연하는 엄마가 된다.

"알았어요. 엄마. 나도 형처럼 공부를 잘했으면 엄마 속상하지 않겠죠? 엄마가 도와주면 노력해 볼게요."

성적에 태평인 듯해도 내심 형이랑 비교를 하나 보다. 베란다에 기대어 학교로 가는 아이를 본다. 터벅터벅 걷는다. 다른 때처럼 잘할 수 있을 거라 안아주고 격려해줄 걸 그랬다. 나의 욕심 때문에 아이의 마음에 상처를 준 것 같다. 아이를 보는 눈길을 쉬 거두지 못하고 창가에서 서성인다.

나는 나무나 꽃을 죽여 먹는 데는 선수다. 남편도 그걸 알고 식물 관리는 내게 맡기지 않는다. 시장에서 예뻐서 욕심냈던 나무 한 그루도 얼마 지나지 않아 시들어 버렸다. 생일 선물로 받은 꽃나무도 죽고 없다. 아예 식물을 기르지 말자 마음먹은 적도 있다. 그런데 작은 아이가 하는 걸 보면 그간 내가 나무를 죽게 한 이유를 알 것 같다. 무관심이고 내 중심적인 마음이었다. 식물이 있는지 없는지 모르고 살다가 문득 생각나면 한 번씩 물주며 살아있기를 바라는 욕심과 어리석은 마음이다. 생명에 대해 돌봄이 부족한 까닭이다.

어쩌면 매일 한 송이씩 꽃망울을 피우는 봉숭아처럼 작은 아이도 매일 자기 삶의 작은 퍼즐을 맞추고 있을 것이다. 커다란 그림이 그려진 작은 조각 퍼즐들. 가끔 나는 그것을 잊는다. 행여 서투른 손길로 그 퍼즐을 망칠까 두렵다.

씨앗이 어떻게 자라는지 보고 싶다고 흙을 파헤쳐선 안 된다. 씨앗이 땅을 뚫고 싹을 보일 때까지 기다려야 한다. 관심과 배려와 사랑으로 기다려 주어야 한다. 살아있는 것을 곁에 두는 것은 책임감과 배려를 동반한다. 그 생명이 전하는 말에 귀 기울여야 한다. 그래야 그것이 산다.

한 송이 꽃에도 감탄하는 아이가 부럽다. 진분홍 꽃이 피어 바람결에 남실댄다. 그 꽃을 피워낸 아이가 걸어간다. 내 아이가 참으로 대견하다. 아이의 여린 감성에서 배운다. 열한 살 작은 가슴으로 나를 안고 내 어리석음을 깨닫게 한다.

엄마로서 나는 몇 점일까.

사공의 노래

　화창한 날씨다. 후텁지근한 게 한국의 오뉴월 날씨처럼 느껴진다. 캄보디아 여행 일정으로 총크니어(chong kneas) 수상마을과 맹그로브 숲을 보러 간다. 뱃사공이 손님을 태우며 하얀 꽃을 한 송이씩 건네준다. "아녀하세요." 서툰 한국말로 인사도 한다. 까맣게 그을린 손에 들린 꽃은 뽀얀 잎과 노란 속살이 더 도드라져 보인다. 진한 꽃향기가 여행객의 마음을 간지럽힌다. 쪽배가 출렁이며 나아간다. 급하게 여행길에 오르며 미뤄둔 걱정들을 강물 위로 밀어내며 이국의 풍경에 눈을 돌린다.

　작은 쪽배에는 사공과 손님 단둘이다. 어색한 분위기를 바꾸려고 사공이 장난스럽게 노를 젓는 바람에 배가 휘청거린다. 손님이 놀라는 모습을 보며 사공이 하얀 이를 드러내며 웃는다. 따사로운 햇살, 잔잔한 강물, 향기로운 꽃향기, 장난기 가득한 웃음. 고단하고 힘들게 살아가는 사람들의 삶터를 보러 가는 와중에도 뱃놀이는 퍽 낭만적이라는 생각이 들었다.

쪽배가 물결 따라 가볍게 흔들린다. 관광객을 태운 작은 쪽배들이 줄지어 지나간다. 물 위에 사는 사람들의 공간 안으로 천천히 들어선다. 그들의 일상이 물 위에 일렁거린다. 물건을 사고파는 가게가 있다. 작은 학교도 있고 기도하는 사원도 있다. 물고기를 담아 두는 통발을 매단 집도 있고 강아지와 닭을 키우는 곳도 있다. 낮잠을 자는 사내도 보이고 딸아이 머리를 빗겨주는 여인도 있다. 널어놓은 옷가지가 햇살에 마르고 있다. 우리가 살아가는 모습과 다르지 않았다.

물에서 자맥질하며 놀던 아이들이 우리를 향해 손을 흔든다. 젖먹이를 안은 젊은 아낙이 네모난 통을 타고 관광객들을 향해 다가온다. 무언가를 사달라는 듯이 통과 우리를 번갈아 보며 손짓한다. 통에 무엇이 있었을까. 네모난 통이 그녀의 삶처럼 불안하게 흔들린다. 쪽배의 행렬은 익숙한 듯이 그녀 옆을 지나쳐 간다. 햇살은 나무 지붕에 결 따라 허옇게 내리쬐며 그들의 시간을 새긴다. 흙먼지가 녹아 있는 듯이 탁한 빛을 띤 강물은 속내를 감춘 채 무료한 오후의 시간처럼 천천히 흘러가고 있다.

그들의 터전을 가로지르며 생각한다. '자기들의 삶을 구경하러 온 이방인들을 저들은 어떻게 느낄까?', '우리가 보내는 동정 어린 눈빛이 무례한 건 아닌가?' 물꽃 같이 하얗게 웃고 있는 사내아이를 보며 가이드가 들려준 이야기를 떠올렸다. 메콩강 끝자락에 있는 이 마을은 베트남 전쟁 당시 캄보디아로 피난 온 난민들과 캄보디아 극빈층이 모여 살면서 만들어졌다고 한다. 총크니어는 '막다른 길'이라는 뜻이다. 지명이 의미하듯 그곳에 사는 사람들은 국민으로 인정을 받지 못할 뿐 아니라 태어나고 죽은 기록도 없다고 한다. 바람처럼 이슬처럼 흔적 없이 사라지는 인생들이 모여 사는 곳이다.

전날 오후에 만났던 예닐곱 살의 여자아이가 생각났다. 그 애는 붉은 흙먼지가 날리는 사원 입구에서 일 달러를 달라고 우리 뒤를 따라왔다. 가이드마저 그들이 자립하지 못한다는 이유로 돈을 주지 못하게 했다. 그 아이는 소득 없이 눈물을 훔치며 흙먼지 속으로 걸어갔다. 헝클어진 머리카락이 소녀를 다독이듯 어깨 위에서 흔들렸다. 맨발로 걸어가는 아이의 뒷모습에서 의문이 들었다. '이 나라는 왜 일 달러를 외치는 저 아이의 눈물을 닦아주지 못하는가.' 조카에게 용돈 주는 마음으로 얼마라도 주고 올걸 하고, 숙소에서 내내 후회했다.

생각에 빠져 있는 동안 쪽배들은 물 위의 숲이라 불리는 맹그로브 숲 나무 사이로 들어선다. 물살이 거의 없고 평온하다. 초록색 쪽배가 나무 아래로 미끄러지듯 지나간다. 거인국에서 나뭇잎을 타고 노는 소인국의 방문자들처럼 보인다. 숲을 설명하다 사공이 한국 가요를 부르기 시작한다. 한창 유행하는 트로트였다. "어머나! 어머나!" 가사와 음정이 그럴싸하다. 배가 주춤거린다. 사공은 이국의 노래를 부르는 게 노 젓는 일보다 어려운 모양이다. 가이드가 내릴 때 사공에게 주라고 하던 1달러 한 장이 그가 부르는 노래와 노 젓는 일에 힘을 보태고 있을 터였다.

"노노. 유어 송. 캄보디아 송. 오케이?" 어설프기 짝이 없는 내 요구에 그는 손사래를 친다. 그리고는 나지막한 목소리로 노래를 부른다. 이국적인 선율이다. 그는 노래하며 천천히 노를 젓는다. 노를 쥔 손등이 햇볕에 그을려 더욱 까맣게 보인다. 뱃사공들의 노래인지, 연인에게 불러주는 달콤한 연가인지, 동포애를 돋우는 가사인지 나는 모른다.

노를 저으며 딸아이의 이야기도 한다. 서툰 한국말로 이야기하는 동안에 수줍게 웃는 모습이 그도 영락없는 딸바보인 모양이다. 젊은 사공도 누군가의 아버지이고 어느 집의 가장이리라. 그의 노래에서 그의 고단함이 느껴졌다. 이 세상의 많은 아버지가 품는 세상은 가장의 무게만큼 불안하고 힘들다. 가난을 머리에 이고 살았던 우리네 아버지들도 한때는 궂은일을 마다하지 않고 밤이 새는 줄 모르고 일을 하던 때가 있었다. 지금의 여유가 부모 세대의 희생으로 이루어진 것임을 다시 깨닫는다.

가난한 정부의 국민은 정부의 보호도 받지 못한 채 자신의 힘으로 살아갈 방법을 찾아야 한다. 사원에서 본 어린 소녀의 아버지도 어느 일터에선가 딸의 눈물을 닦아주려 무던히 애쓰고 있을 것이다. 그들의 삶은 아픈 역사 속에서 흘리던 눈물과 한숨과 슬픔을 희망으로 녹여내며 강처럼 말없이 흐른다.

나의 걱정거리라고 하는 것도 결국엔 욕심에서 생겨난 것이다. 행복과 불행의 기준이 그들의 삶을 통해 나를 되돌아본다. 내심 그들의 삶을 동정하고 있었는지도 모른다. 초라한 공간에서 생활하고, 아이들은 관광객에게 1달러를 구걸하고, 부족한 환경에서 살아가는 게 불행한 일이라고 생각했다. 탁하다 맑다 혹은 부유하다 가난하다 등으로 행복과 불행이 결정된다고 생각했다. 행복과 불행을 단순하게 보이는 것으로 판단하고 있었다. 그들은 나름대로 감사해하며 행복할 수 있는데, 나는 결국 마음까지도 이방인이었다.

여행에서 돌아와서 캄보디아 음악을 찾아 들었다. 석양에 물들던 앙코르 와트나 왕이 목욕했다던 대단한 크기의 목욕탕이 눈에 선하다. 한때 화려한 번영과 권력의 흔적이 저녁 어둠 속에 잠기고 있겠다. 힘들게 살아가는 사람들의 삶도 내일을 꿈꾸며 어둠에 들었으리라.

한국 가요를 부르던 젊은 사공의 모습이 떠오른다. 울며 걸어가던 어린 소녀와 노를 저으며 노래를 부르던 사공의 얼굴이 강물의 물그림자로 일렁인다.

초보 농사꾼

그만해야겠다. 맥없이 노트북을 닫고 일어선다. 새벽부터 일어나 앉았는데도 허탕이다. 자판 위에서 마음 언저리를 서성이다 아침을 맞는다. 변변한 글 한 줄 쓰지 못한 마음이 허하다. 웅크려 있던 몸과 마음을 쓰다듬으며 혼잣말을 한다. '연습 중이야. 연습하는 거야.'

까끌까끌한 눈을 비비며 서둘러 신발을 신는다. '그곳에 가봐야지.' 어떻게 변했을지 궁금하다. 그곳은 마을 외곽에 오랫동안 방치되어 있던 땅이다. 얼마 전까지는 공사장의 물건들을 쌓아놓는 야적장이었다. 방치된 물건들과 웃자란 잡초가 뒤섞여 바람 부는 날엔 을씨년스러웠다. 주변 밭에서는 제철 채소가 자라고 때가 되면 수확한다. 그곳을 지날 때마다 빈 땅으로 있는 게 안타까워 발길을 멈추곤 했다.

어느 날, 낯선 남자가 그 땅을 일구고 있다. 드디어 땅이 주인을 만났구나 하고 반가운 마음이 들었다. 중간 키에 마른 몸집의 그는 육십 중반으로 보인다. 농부 같지 않은 그가 땅을 일구고 씨를 뿌리는 게 의아하다. 오랫동안 놀렸던 땅이라 토질은 딱딱하고 빛깔은 회갈색이다. 농작물이 제대로 자랄 수 있을까 걱정이다. 농사일에 서툰 이가 밭을 일구기엔 벅찰 것 같은 생각에 염려가 된다.

며칠 후 다시 그곳을 지날 때였다. 쉬는 참이었던지 그는 밭담 밖에 나앉아 있다. 밭에는 잡초들이 키 재기를 하고 있어 별로 달라진 게 없다. 푸성귀들이 잡초 사이에 드문드문 자라고 있다. 지난번 뿌린 씨앗에서 풍성한 결실을 얻긴 어려워 보인다. 그는 첫 수확을 기대했을 것이다. 그가 느낄 실망감에 위로의 말을 건넨다.

"오래 놀리던 땅이라 고생만 하시겠어요."

"땅이라고 어디 단번에 열매를 맺나요? 제대로 수확하려면 두어 해는 걸리겠죠. 저도 오래 쉬었으니 연습이 필요하지 않겠습니까?"

그는 흙 묻은 바지 엉덩이를 툭툭 털어내며 일어선다. 밭으로 걸어가는 그의 뒷모습을 멍하니 바라본다. 삶을 대하는 마음과 농사를 짓는 마음은 같지 않을까. 그에게서 삶을 일궈나가는 내공이 느껴진다. 외양만 보고 농사가 서툴 거라고 짐작했던 게 겸연쩍다. 뭐든지 단박에 수확하려는 속내를 들킨 것 같아 부끄러워진다.

살아가는 데도 수없이 많은 연습이 필요하다. 연습이란 허랑 치는 날에도 포기하지 않고 자신을 보듬어 다시 시작하는 일이다. 자신과 나누는 끊임없는 대화이며 격려이고 견디는 힘이다. 연습은 자신을 믿는 마음에서 시작한다. 연습하는 동안 수많은 시행착오를 겪으리라. 연습은 삶의 거름이다. 거름은 꽃이 되고 열매가 된다. 세상의 어떤 것도 연습 없이 이루어지는 일이란 없지 않은가. 글을 쓰는 것엔들 예외일 수 있을까.

들여다보니 땅은 변화하고 있다. 밭에는 기죽은 푸성귀만 있는 게 아니다. 호박 줄기가 푸른 잎사귀를 펄럭이며 생명력을 과시한다. 호박잎을 들춰보니 주먹만 한 열매가 달렸다. 어린 호박 배꼽에는 복스럽던 꽃이 시들어 탯줄처럼 붙어 있다. 기특하기도 하지. 생명을 품는다는 건 얼마나 찬란하고 아름다운 일인가. 씨앗을 품은 땅은 진통한다. 빗소리에, 바람 소리에, 어떤 날은 천둥소리에, 일상의 소리에 생명이 탄생하는 소리가 녹아있다. 많은 불면의 밤을 보내고 저리 꽃이 피고 열매를 맺었으리라.

글을 쓰면서 때때로 그를 떠올린다. 척박한 땅도 '연습할 시간'이 필요할 거라던 말은 자신에게 하는 말은 아니었을까. 그는 중년을 넘기고 무엇을 위해 연습하고 있는 것일까. 그는 무엇을 꿈꾸는가. 우리는 꿈을 이루기 위해 수없이 많은 연습을 한다.

진솔한 글을 쓰고 싶었다. 너른 마당에 남쪽으로 창을 낸 방에서 글을 쓰는 모습을 상상하곤 했다. 창으로 들어온 빛은 생각을 키우고 밤하늘을 보며 넓은 세상을 사유하리라. 그런 바람과는 달리 현실은 사느라 바빴다. 글을 쓰겠다는 생각은 오랫동안 방치되어 마른 먼지가 날린다.

여태 너른 마당이나 남향으로 창을 낸 글방을 갖지 못했다. 하지만 글을 쓴다. 창밖 풍경만으로는 좋은 글을 쓸 수 없다는 걸 안다. 살아온 삶의 경험이 거름이 되리라. 글은 마음에서 피어나는 꽃이다. 육체는 땅에 뿌리를 내리고 영혼은 하늘에 말뚝을 박고 살아간다. 질문과 사색으로 영혼의 문을 두드린다. 소재를 가슴에 담고 끊임없이 교감하는 일은 상상의 숲을 거니는 기쁨이다. 꽃을 피워내기 위해 퇴고하는 진통도 온전히 견뎌야 한다.

글을 쓰려고 앉으면 나는 초보 농사꾼이다. 서툴지만 진실한 마음으로 지면과 마주한다. "연습이 필요하다."고 하던 그의 말을 주문처럼 읊조린다. '그만둬야겠다.' '허탕 쳤다.'고 느끼는 순간에, '나는 연습하고 있어.'라고 무너지는 자신을 위로하고 격려하며 쓰다듬는다. 나는 시간을 발효하고 있다.

척박하고 메마른 나의 글밭에도 초록 물이 뚝뚝 떨어질 것 같은 잎사귀와 실한 열매를 키우고 싶다. 기지개를 켜며 내게 속삭인다. 다시 시작하는 거야.

심심한 여름

여름은 소리의 계절이다. "자리 삽서, 수박 삽서." 여름 먹거리를 파는 소리가 트럭 스피커를 타고 동네를 돌아다닌다. 동네 삼춘들이 팽나무 그늘에 모여 한가한 시간을 즐긴다. 왁자지껄한 농담들이 오고 간다. 검붉은 얼굴에 웃을 때마다 깊은 주름이 골을 이룬다. 지나가는 아이들을 불러 수박 한 조각씩을 쥐여준다. 아이들은 그늘에 엉덩이를 비집고 앉아 더위를 식힌다. 나뭇가지에서 매미가 울고 연못가에선 맹꽁이가 밤새 울었다.

여름은 푸르르게 발가벗기는 계절이다. 바다를 놀이터 삼아 까맣게 그을릴 때까지 친구들과 놀았던 기억이 출렁거린다. 아이들은 거침없이 훌훌 벗어던지고 바다로 뛰어들었다. 헤엄을 치고 애기 해녀가 되어 자맥질했다. 엄마들의 숨비소리를 흉내 내어 보지만 작은 입에선 '허푸푸' 서툴고 바람 빠진 가뿐 숨소리만 나오곤 했다.

여름은 물의 계절이다. 긴 장마 끝에 마을 입구 간두니못에 물이 넘쳤다. 친구들과 팬티 고무줄에 치마를 둘둘 감고 허벅지까지 찰박찰박하게 살갗을 간질이는 물의 촉감을 만끽했다. 물풀 사이로 손을 넣으면 개구리, 올챙이가 미끈거리며 손가락을 빠져나가는 모습에 자지러지게 웃었다. "뱀이다." 누군가의 소리에 기겁하고 물 밖으로 도망치던 아찔한 기억이 호주머니 안쪽에서 부스럭댄다.

여름은 복숭아 속살같이 향기롭고 단내 나는 계절이다. 그해 장마가 길었다. 개구리가 밤새 울었다. 개골개골 반복되는 소리를 자장가 삼아 잠이 든다. 칠흑 같던 밤도 개구리 우는 소리를 들으며 까무룩 잠이 들었을까. 비가 온 다음 날 아침은 못에서 넘친 물이 길로 흘러든다. 등굣길에 물이 다 빠지지 않아 신발이 흥건하게 젖는다. 발목까지 찰랑거리는 물의 촉감은 시원하고 부드러워 학교에 늦었다는 것도 잊게 한다. 물속을 걸어 나오면 고무신에 물이 남아 걸을 때마다 "꽉 꽉" 검은 고무신이 꽈리를 분다. 신발 안에서 발과 물과 공기가 몸을 비비며 소리를 낸다. 개골개골 꽉꽉, 개구리와 함께 한여름의 연주회가 열린다.

저만치 남자아이들이 학교 가는 길에서 고무신을 뒤집어

배를 만들고 놀고 있다. 그 아이도 거기에 있다. 통통 통통 심장이 두근거린다. 고개를 숙이고 후다닥 빠른 걸음으로 걷는다. "꽉꽉꽉꽉". 내 마음도 모르고 소리는 바짝 내 뒤를 쫓는다. 그 소리가 한동안 어린 날의 나의 기억 속을 따라다녔다. 수줍음 많았던 아이의 유년 속 여름은 정겹고 소란스러웠다.

오십이 넘은 요즘은 여름이 심심하다. 밖은 여전히 푸르고 시끄럽고 소란스러운데 왜 나는 심심해서 몸살을 할까. 계절이 변화해도 새로울 것도 신비할 것도 없이, 굳은살 박인 시간에 젖어 산다. 에어컨 바람을 쐬고 카페에서 커피를 마시며 친구들과 수다를 떤다. 지난 이야기를 아이스크림 핥듯이 늘어놓고 온 날은 되레 입맛이 쓰다. 먹고사는 일에 쫓겨 사느라 열정도 설렘도 호기심도 시들어간다. 애써보지만 시간의 무게를 어찌할 수 없다.

그 시절 물이 찰랑거리던 간두니못이 아스팔트 길로 덮였다. 나의 낭만도 함께 묻혀버린 걸까. 시끄럽고 찬란하던 여름날의 소리와 빛은 자꾸만 무채색으로 탈색되어 간다.

돌무덤과 낙엽

여름이 깊어간다. 접시꽃과 해바라기가 한 뼘씩 자라 돌담 위를 기웃거린다. 팽나무는 가지를 늘어뜨리고 빈 의자 위에 그림자로 길게 누워 한낮의 더위를 식히고 있다. 수세미 꽃이 동백나무 가지에 매달려 동백꽃인 양 노랗게 웃는다. 초록과 함께 자연의 모든 생물은 서로 어우러져 살아가고 있다.

녹음이 짙어질수록 곤충과 벌레들도 눈에 띄게 많아진다. 그들은 제집 드나들 듯 건물 안을 수시로 드나든다. 청소 일을 하는 내게 그들의 출현은 영 달갑지 않다. 반지르르하게 닦아 놓은 바닥에 기어 다니는 벌레들을 바라보며 다시 빗자루를 집어 든다.

철거 용역반처럼 밤새 지어놓은 거미집을 가차 없이 걷어 내고 어디선가 날아온 나뭇잎을 쓸어 내어 버린다. '너희들이

들어올 곳이 아니야.' 쥐며느리와 귀뚜라미, 지네, 파리, 모기 그들을 향해 빗자루질과 살충제를 뿌리며 경고장을 날린다. 밤 새 차가운 대리석 바닥에서 떨다가 죽은 것들을 쓸어 담아 쓰레기통에 버린다.

TV에서는 연일 전 세계의 코로나19 확산에 대한 뉴스를 전한다. 오늘도 많은 사람이 죽었다. 감염된 시신들은 애도의 시간도 없이 황급히 화장장으로 보내진다. 코로나19시대의 주검은 수의 대신 비닐 가방에 담겨 유족도 없이 장례가 치러지고 있다고 뉴스는 전한다. 급박한 현실 앞에서 주검은 인간의 존엄성을 따질 새 없이 마치 물건이 다루어지듯 빠르게 처리되고 있었다. 참담한 마음으로 화면을 응시한다.

어느 날 아침, 건물 바닥에 웅크리고 죽어있는 곤충 무리를 보았다. 갑자기 뉴스에서 보았던 장면이 겹쳐 떠오른다. 하던 대로 빗자루로 쓸어 담는다. 그렇지만 이번에는 그들을 쓰레기통에 버리지 못했다. 땅으로 돌아가게 해주고 싶다. 생명이 있는 존재로 살아왔던 그들에게 무언가 예를 갖추고 싶다. 생명을 지닌 채 살아온 것을 쓰레기로 취급하면 안 될 것 같다는 생각이 들었다.

그날 후박나무 아래에 곤충과 벌레들의 무덤을 만들었다. 작은 돌멩이를 모아 뿌리 사이에 둥글게 담을 쌓는다. 돌무덤 위로 푸른 그늘이 드리운다. 나뭇잎들이 바람을 타고 영혼을 위로하는 춤을 춘다. 먹을 것을 찾아 헤매던 작은 생명은 대지에서 태어나 대지로 돌아간다. 그들도 자연의 순환 어느 한 부분 제 역할이 있었으리라. 대지는 생명을 지닌 것의 요람이자 거대한 묘지이다. 땅에서 태어나 맘껏 한 생을 살다 태어난 곳으로 돌아간다. 나무와 꽃, 풀과 나비와 벌레가 하나이며 바람과 비와 하늘과 대지가 모두 하나이다. 사람인들 예외일 수 있을까.

지구에 사는 모든 생명체는 생태계라는 사슬로 이어져 있다. 인간 욕망의 탑이 거대하고 단단해질수록 자연은 파괴되고 무너지고 있다. 인간은 자신들의 거대한 개발의 욕망에 따라 자연을 파괴하고 생명을 죽이고 있다. 자신들이 사용하다가 후손에게 물려주어야 할 소중한 땅과 터전을 멋대로 훼손하고 있다.

작고 하찮게 여기는 것에서부터 세상은 만들어진다. 원자가 모여 세포가 되고 생명이 시작되듯이, 자연은 흙 속에 바람 속에 물속에서 작은 생명들이 만들어지기 시작한다. 하느님은 모든 것 뒤에 마지막으로 인간을 만들었다고 한다. 그것은 무슨 이유에서일까. 그 모든 걸 품을 수 있고 사랑할 수 있는 존재로 살아가라는 이유 때문이 아니었을까. 대자연에 사계절의 질서가 있듯이 생명체에도 태어나서 자라고 늙고 죽는 엄연한 법칙이 있다. 이런 생명의 법칙에서는 어느 부분 하나도 필요하지 않은 것이 없으며 모든 부분이 전체를 이룬다. 그리고 전체는 작은 부분들을 어우르는 하나의 존재다.

푸른 잎이 서서히 갈색으로 변하더니 나무에선 잎이 지기 시작한다. 떨어진 잎들은 떠날 준비를 하듯이 아침 댓바람부터 마당 안을 여기저기에서 뒹군다. 돌무덤 위에도 나뭇잎이 수북하게 쌓였다. 어느 곳에도 속하지 못한 이방인인 채 소외되고 거부당한 자들의 육신 위로 가만히 내려앉는다. 낙엽은 자신이 그렇듯이 머물 자리를 몰라 떠돌이로 살았던 가련한 자들을 위해 가볍디가벼운 담요가 되어준다. 고단한 삶을 살았던 이들을 위해 침묵의 위로를 보내듯, 낙엽은 나무 아래의 초라한 주검들을 덮어준다.

떠날 때를 알고 떠나는 마지막 순간까지도 낙엽은 누군가를 덮어준다. 일생을 아파하며 사랑 한번 받지 못한 이들에게 따뜻한 숨결을 베풀고 가려 한다. 땅에도 묻히지 못하는 풀벌레들을 품기 위해 따뜻한 담요가 되기 위해 잎을 떨군다. 낙엽은 덮는다. 유리 벽에 부딪혀 죽은 푸른 깃털을 가진 새를, 살과 내장이 말라붙어 빈 껍데기가 되어버린 곤충과 벌레를, 바람에 쏠려가다 흙바닥에 뒹구는 작은 씨앗을 가만히 덮는다.

낙엽은 생명의 어머니가 보내는 시간의 엽서이다. 어린잎일 때는 벌레들의 배를 채워주고 이제 떨어져 무언가를 덮는다. 다시 부서져 흙으로 돌아가리라. 흙은 대지가 되고 대지에서 씨앗이 싹터 푸르른 열매를 맺는다. 우리는 그 결실을 먹고 살아간다. 떨어지는 한순간을 위해 그렇게 힘들고 두려워하며 밤낮을 떨고 있었을까. 세월이 흘러 자신은 떨어지지만 낙엽은 기억할 것은 다 기억하고 마지막까지 자신의 모습을 간직하며 누군가의 삶이 되어준다. 그들이 떨어진 길을 따라 우리도 간다.

이 가을, 낙엽은 누군가에게 한 편의 시가 되어주고, 보잘 것없고 초라한 것을 보듬고 품는다. 낙엽은 쓸쓸한 것들을 위해 우수수 떨어진다. 나도 작은 것들을 보듬어 주고 싶다. 간밤에 죽은 곤충들을 쓸어 담으며 중얼거려본다. '슬픔 없고 고통 없는 곳으로 돌아가라, 너희들 고향같이 푸르고 아름다운 곳으로 돌아가서 살아라.' 그들을 꽃과 풀이 있는 곳으로 보내준다.

곤충과 벌레와 나뭇잎을 모아 돌무덤으로 향한다. 돌무덤 가에는 가을바람이 몸을 비비며 곤충과 벌레와 나뭇잎을 껴안아 주고 있다. 그들은 함께 모여 그동안의 무거웠던 삶의 무게를 벗어던지며 짧게 보낸 지상의 시간을 다독인다. 돌무덤 위로 낙엽 한 잎이 똑 떨어진다.

잃어버린 봄

　고양이들이 울타리를 넘어온다. 그 발길마저 없었다면 오늘 하루가 얼마나 적막했을까. 놀러 오는 이웃들의 발길이 조심스럽게 멈췄다. 찾아가지도 않고 찾아오는 이들을 맘껏 반길 수도 없다. 마주 보고 말하는 게 조심스러운 시절이다. 저녁밥을 먹고 갑갑한 마음을 씻어 내듯 그릇에 담겼던 온기를 씻어 낸다. 텔레비전에서 흘러나오는 뉴스에 귀를 세운다.

　앵커는 긴장된 목소리로 코로나19 특보를 전한다. 코로나 바이러스가 세상을 위협하고 있다. 성별과 나이를 가리지 않고 국경도 없이 사람들 사이를 빠르게 파고들고 있다. 호흡기로 전파되기 때문에 감염을 막기 위해 '사회적 거리두기'가 한창이다. 사람과의 접촉을 최대한 피하라고 한다. 나를 보호하고 상대를 배려하는 최소한의 거리라고 한다.

생활 모습도 많이 변했다. 예전처럼 한데 모여 식사하는 건 자제해야 한다. 왁자지껄하게 식사하는 풍경은 보기 어렵게 되었다. 바이러스에 대한 불안과 공포가 우리들의 삶을 긴장시키고 있다. 지난 주말에 슈퍼에서 있었던 일이다. 모두 마스크를 썼다. 아는 사람과 멀찍이 서서 눈인사 정도만 나눴다. 동네 할머니가 계산대 앞에서 동전을 세며 기침을 했다. 줄을 섰던 사람들이 슬쩍 뒷걸음질한다. 예전 같으면 누군가는 이웃의 건강과 안부를 물어볼 만도 했다. 하지만 아무도 말이 없다. 잠깐 정적이 흘렀다. 마스크 속으로 불안한 마음들을 숨겼다. 생각할수록 씁쓸해진다.

앵커는 전 세계적으로 바이러스 감염으로 15만 명 이상이 사망했다고 전한다. 감염자는 가족과 마지막 작별 인사도 없이 병실에서 쓸쓸히 임종을 맞는다. 제대로 장례도 치르지 못하고 화장장으로 보내진다. 뉴욕에서는 연고가 없는 사망자들은 집단으로 매장을 하고 있다고 한다.

위기는 인류에게만 닥친 게 아니다. 독일 북부의 '노이뮌스터' 동물원에서는 칠백 마리 동물들이 안락사될 위기에 처해 있다고 한다. 독일 전역이 봉쇄 조치 이후 방문객들의 발길이 끊겼다. 동물원은 심각한 재정난에 빠졌고 어쩔 수 없이 동물들을 안락사하기로 비상 대책을 내놨다고 한다. 코로나19가 낳은 비극이다. 더욱이 먹이 부족으로 안락사시킨 동물을 다른 동물의 먹잇감으로 활용할 계획이라고 하니 잔인하고 슬픈 일이다. 바이러스는 숨죽여 지내다 사람들의 무너진 일상 속으로 파고들어 인간의 본능과 잔인성을 부추긴다. 팬데믹 상황이 얼마나 더 갈지 몰라 더 불안하고 공포감을 느끼는 이유이다.

신이 맨 마지막까지 남겨놓은 게 희망이라고 했다. 코로나19로 인한 재난 현장에서 헌신과 사랑과 봉사로 희망을 노래하는 사람들이 있다. 의료 현장에서 생명을 살리고 있는 의료진, 구급대원, 자원봉사자들이다. 그들의 헌신적인 희생과 노고가 있어 우리는 바이러스와 싸워 이겨내고 있다. 환자들을 위로하기 위해 병원 로비에서 연주하던 음악가도 있다. 국민은 "힘내라 대한민국!"을 외치며 그들에게 응원 메시지를 보낸다.

기업과 단체 그리고 개인들은 성금과 방역 물품들을 보낸다. 방역 당국은 '덕분에 챌린지' 캠페인을 만들어 의료진에게 감사와 존경을 전한다. 초등학생들의 손편지가 뭉클하게 한다. 나도 소액의 성금을 보냈다. 의료진 활동 기사에 "헌신적인 희생과 노고에 깊이 감사드립니다."라는 댓글을 남겼다. 하나하나의 마음의 고리가 연결되어 내일을 꿈꾸게 한다.

거리 두기를 하는 사이에 우리는 소중한 것들을 생각하게 되었다. 인간과 생명이라는 가치에 대해 다시 생각해 본다. 무분별한 자연 훼손이 결국 인간을 해치게 한다는 걸 깨닫고 뉘우친다. 위기에 처한 지구를 위해 무엇을 할 것인가 고민한다. 자신을 희생하면서도 이 세상을 지켜내는 사람들이 있다는 것. 응원과 감사와 존경의 말로 상처를 보듬어주기 위해 사람들은 손을 내밀었다. 자신의 직무에 묵묵히 일하는 사람들이 희망이고 평범한 일상이 얼마나 중요한지 깨닫는다. 바쁜 일상을 멈추고 자신을 돌아볼 수 있는 시간을 보내는 중이다. 물리적 거리를 두고 마음의 거리를 좁히며 서로의 상처를 보듬고 있다.

시간과 거리를 두고 상대의 처지에서 헤아려 본다. 그러다 보면 그의 진심을 알게 된다. 침전물처럼 고여있던 아픈 기억이 이해라는 여과기에 걸러져 묽어지기도 한다. 감정과 기억의 정보를 정화할 여백이 필요하다. 그게 사람 간에 거리 두기가 필요한 이유가 아닐까.

사람 사이에는 자신을 보살피고 사로의 입장에서 헤아려 볼 수 있는 거리가 필요하다. 자신을 알고 상대를 이해하며 '미안하다', '고맙다', '사랑한다' 같은 말과 글로 관계를 이어간다. 생채기에 한땀 한땀 바느질을 한다. 무수한 자국에 새살이 돋아나고 상처를 지우며 살아간다.

마음의 거리는 자로 잴 수도 없고 숫자로 매길 수도 없다. AI에는 없다. 사람에게만 있는 마음이란 것은 난로의 불처럼 꺼지지 않는 온기가 있다. 사람은 바닷속처럼 한마디로 표현할 수 없는 존재이다. 이기적이면서 이타적이고, 잔인하다가도 너무나 자비로워질 수 있는 존재다. 나약하면서도 강하다.

젊은 의료인의 인터뷰가 떠오른다. "저희가 더 열심히 노력해서 잃어버린 봄을 빨리 찾아드리고 싶어요. 국민 여러분 힘내세요." 코로나와 싸우는 와중에도 우리들의 봄을 걱정하는 그 말이 큰 위로가 되었다. 밤이 깊을수록 별은 빛난다. 어려울수록 사람들 마음속에 희망과 양심은 별처럼 빛난다.

감염 예방을 위해 저마다 할 수 있는 일을 한다. 자주 손을 씻고 불편해도 마스크를 하고 모임을 자제한다. 어떤 이는 대규모 유채밭을 갈아엎고 지자체에서는 꽃길마다 길을 막아 사람들의 방문을 막는다. 기이한 현상이 벌어지는 시간 속에서 우리들의 잃어버린 봄이 덜컹대며 지나가고 있다.

별이 빛나는 밤사이로 가만가만 숨죽여 지나는 4월의 봄이다.

부록 - 제주어 작품

우리 어멍 발

농와당(農瓦堂)

우리 어멍 발

우리 어멍 발은 짝끌레기우다. ㄴ단착발은 모냥이 넙작ᄒ
곡 이디저디 굳은살 벡인 ᄌ국이 이수다. 걸어온 질을 기억이
라도 ᄒ듯 발가락 ᄆ디ᄆ디가 어그락다글락ᄒ우다. 무지외반
증으로 두 번째 발ᄀ락이 첫째와 셋째 발ᄀ락 사이에 올라 타
서마씀. 왼착발은 동무릎 아래 근육이 위축되엉 발 모냥이 뭉
툭ᄒ우다. 발목 신경이 약해젼 왼발을 디딜 때민 주저앉을 것
닮댄 해마씀. 왼착발이 지 역할을 못ᄒ난 ㄴ단착발 혼자 어멍
몸을 지탱ᄒ젠허난 얼마나 힘들쿠가.

우리 어멍 아방도 짝끌레기우다. 어머니신디 아바지는 어
머니 왼착발추룩 이서도 그자 이름만 남펜이곡 서방이우다. 흔
평생 삶의 무게를 나눠보질 안해서마씀. 되레 아방 짐을 어머
니에게 떠넘기고 떠난 비겁ᄒ 스나이엿수다. "느네 아방골이

잘 셍긴 남존 엇저." 순정으로 살기엔 밤은 질고 샐 날이 많안
예. 어머니는 스랑을 가심에 쿰언 즈석덜 울언 가난이영 싸웟
수다. 가난한 살렴을 억척스럽게 헷수다마는 아방이 뜬살렴을
츠련 떠났주마씸. 어멍은 칭원ᄒᆞ댄 정지를 감장돌멍 울멍불멍
헷주마씸. 어려서는 어멍이 삼류 드라마의 여주인공으로 사는
거 닮안 막 싫읍디다.

　어머니한티 뜨난 길도 이서실거라예. 각시 말 잘 듣는 무던
한 서방을 만낭 고생ᄒᆞ지 안ᄒᆞ멍 살아시민 어떵ᄒᆞ여실건고예.
살뜰히 스랑받으멍 살아시민 우리 어멍 발도 곱닥ᄒᆞᆫ 살결에 모
냥도 반듯해실거라예. 신발코가 동고롯ᄒᆞᆫ 꼿신 신곡, 새경도
브래멍 흔질흔질 놀듯이 신작로를 걷는 마나님으로 사셨을지
도 모르주마씸. 앙작홀 일도 배고플 일도 어시, 흑밧이나 돌밧
이 아니라 잘 포장된 도로 위를 걷는 어머니의 모습을 상상해
보곤 헷수다.

　어머니가 ᄒᆞᆫ 평생 이녁을 위해 걸은 걸음은 얼마나 될건고
예. 주무시는 어멍 발을 솔솔 죄당보난 옛날 생각이 낫수다. 어
머니가 요 발로 세상을 도름박질ᄒᆞ멍 살아난 시절이 잇다는 게
까마득하게 느껴졌수다. 새끼덜 굶기는 거 말고는 두려운 게
어섯댄헙디다. 어머니는 건강ᄒᆞᆫ 두 발로 삶의 이랑 위에 씨를
뿌리고 곡석을 거두고 즈석덜을 키워서마씸. 어머니 두발은 팔
자를 이고 자식을 업고도 아멩 버친 삶이라도 버려낼 힘을 주

어서마씀. ᄌ석들을 지키기 위해서라면 한밤중에도 기꺼이 일어나 도름박질을 헷수다. 오래전 이야기를 헤보쿠다. 어머니 마흔 슬쯤 될 때라예. 그땐 우리 형제들이 아직 어머니 품 안에 있던 시기엿수다.

그날은 동짓들 보름쯤이엿수다. 흑 마당 우이 깔아놓은 어욱 위로 보름을 지난 둘빗이 훤히 부서져 내리고 이선 마씀. 고단ᄒ 밧일로 어머니는 일찍 잠자리에 들엇고, 나는 어멍 굳은 살 벡인 발ᄀ락을 ᄆ지그멍 발 아래쪽에, 남동생은 어머니 가슴 쪽에서 자고 이선마씀. 우리 집은 마당을 끼고 안거리와 밧거리가 ㄴ자 모양으로 이서수다. 안거리에는 ᄌ은 방 두 개영 마루가 잇고, 밧거리에는 방 하나에 부엌이영 ᄒ끌락ᄒ 창고가 이수다. 안거리에는 할아부지영 큰 성, 샛성, 말젯성이 생활ᄒ여서 마씀. 어멍은 우리 데령 밧거리 방에서 자수다.

초저녁줌에서 깨어난 어멍이 줌절에 바스락거리는 소리를 들엇댄마씀. 마른 어욱을 넓을 때 나는 소리. 아침ᄌ냑으로 마당을 걸을 때마다 듣는 소리가 나난 이상ᄒ다 헷댄예. 늦은 시간에 누게가 와신고, 생각허멍 어머니는 빨간 내복 차림 그대로 양말을 촞아 신엇댄 마씀.

ᄄ시 어욱 넓는 소리가 나랜마씀. 소릴 들어보난 안거리로 가는 게 분명ᄒ다 싶언 어머니는 방을 나완 도엣문(바깥문)을 슬쩍이 밀었댄예. 문에 도르렉이가 묵견 털컥거리멍 열려랜마씀.

거멍훈 그림자가 안거리 도엣문을 올젠 손을 뻗엄서랜마씀.

"야, 너 누게냐?" 어머니는 꽥 소리를 지르멍 시커멍훈 그림자를 향해 둘려들엇주마씀. 꺼멍훈 건 냅다 마당을 가로질런 올레 밖으로 도라낫댄마씀. 우리 어멍은 겁도 엇이 뜨라 도름박질을 시작헷댄마씀. 빨간 내복만 입은 줄도 잊어불고예.

"야, 너 누게냐? 여기가 어디라고 와시냐? 너가 도망갈 수 이실 거 곹으냐? 어림도 엇다. 내가 너를 꼭 잡고야 말키여."

"아이고, 삼춘. 아무것도 아니우다. 제발 돌아갑써게."

"너 누게네 아덜인 줄 나가 알아지켜. 너 그디 안사민 느 아비를 촛앙강 결판을 내고야 말켜. 그디 사라."

어머니와 검은 그림자는 우리 집 진진훈 올레를 지나곡, 넋들이는 할망 집을 지나곡, 점방 삼춘네 집도 지날 때꼬장 도름박질을 헷댄마씀. 마침내 검은 그림자는 뛰는 걸 포기ㅎ고 그 자리에 산 차로 어멍한티 항복헷수다. 어찌해 볼 도리가 엇어실거우다. 반드시 잡고야 말겠다는 사름을 어떵 이길거우꽈.

결국 그 스나이는 달려간 질을 거슬러 와야 헷수께. 어머니 손에 모감지 잡혓 우리 집 진 올레를 걸언 마당 어욱 위에 동무릎을 꿇고 앚앗주마씀. 무슨 일인고 ㅎ멍 동네 사름덜도 완 봐난마씀. 어린 ᄆ음에 어머니가 동짓달 보름께 둘빗 아래서 죄인을 심문ㅎ는 판관 닮읍디다. 어머니는 뛰는 가심을 진정시키젠 냉수 훈 대접을 꽐락꽐락 들이싸뒌 잡아온 스나이를 나무랍디다. 호위무사 곧은 위세엿주마씀.

그날 이후 동네에 '순자 어멍은 막 독ᄒ여. 허락엇이 드나들당은 그 어멍ᄒ티 걸리민 업어치기 당ᄒ다.'고 소문이 낫수다. 소문이 보이지 안ᄒ는 담장을 만들어준셍이우다. 그르후제는 그런 일이 엇언마씸. 하루 세끼 챙겨 먹기도 어려웠던 시절에 어디서 그런 심이 생겨신고예. 어멍도 잘 모르켄 ᄀ릅디다.

그날 밤의 소동은 ᄒ 펜의 드라마 닮지예. 우리도 어머니가 주인공인 유쾌한 활극곧이 만낭 밥 먹을 때마다 자주 고라낫수다. '너를 꼭 잡고 말겠다.'고 의지에 차서 돌렷댄ᄒ는 대목에선 막 ᄌ미지고 웃어져마씸. 그날, 빨간 내복의 호위무사 곧으던 어머니. 희뚜룩ᄒ게 물바랜, 검은 고무줄을 댕견 윗부분이 쭈글쭈글 볼품이 엇인 내복 차림의 어머니. 동짓돌 초겨울 바람결 곧은 어머니를 생각ᄒ민 눈물이 낫수다. 노쇠해가는 어멍 몸을 몬직으민 마른 어욱 볿는 소리가 나는거 닮아마씸. 바스락바스락. 텅 비언 금방이라도 검불곧이 사그라져 버릴 것만 닮아마씸.

철들어사 알아졌수다. 어머니는 당신의 두발로 이녁에게 주어진 삶을 사셨구나 싶어예. 피하지 안ᄒ고 용감하게예. 놈들 ᄒ듯이 웃는 날도 잇고 우는 날도 이신, 소박하고 평범한 삶이랜 어머니ᄒ티 말해드려사쿠다.

농와당(農瓦堂)

제비덜이 돌아왓다. 제비 흔 쌍이 건물 주위를 눌아뎅긴다. 저마다 집 짓일디를 촞안 분주ᄒ다. 어떤 부부는 벌써 자리를 잡은 생이다. 무신 이와기를 ᄒ는지 지지배배 지지배배 각시의 존소리가 우잣을 넘는다. 이동하며 사는 그들도 집을 짓고 사는 일은 중요한 문제다. 비ᄇ름을 피헐 터를 촞곡, 식구덜이 펜안ᄒ게 지낼 수 있게 서방각시가 심울 모다사 흔다.

지난 봄, 제비가 조립식 건물 좁은 처마에 집을 지엇다. 지푸라기와 흑을 물어당 보금자리를 맨든다. 그래서 알을 낳곡 먹이를 물어다 새끼를 질룬다. 제비생이덜의 노랫소리가 한적한 시골 풍경에 생기를 불어넣엇다. 초가을 어느 날 그들은 떠낫다. 제비집은 눈비에 털어지고 이섯던 흔적도 ᄎ츰ᄎ츰 어서졌다. 소유하지 안 ᄒ고 자유롭게 살아가는 삶의 방식이 가베와 보여신가. 든 자리든 난 자리든 가베이 떠나고 뜨시 돌아올 수 이신 그들의 삶이 불럽다.

귤밭 흔 펜이에 집을 짓엇다. 크기는 스무 펭 남짓 뒌다. 시아바님이 집 짓엉 살민 좋으켄흔 자리에 터를 잡앗다. 집 짓는 내내 아바님이 생각낫다. 살아계셔시민 아들이영 메누리헌티 속앗덴허멍 환흐게 웃으멍 좋아흘 생각을 흐니 코끝이 찡흐다.

새집은 지붕에 노을빗이 도는 기와를 엎언 돌창고 욮이 나란히 앚앗다. 뜨멍뜨멍 이신 이웃집덜과 비닐하우스덜 사이에 속솜헹 앚인 모습이 비치럼타는 새각시 닮다. 시집완 낯선 동네를 살피던 때?추룩 집은 시골 풍경을 슬피노렌 이레바력 저레바력 흔다. 집 뒤쪽으로 낮은 오름이 보였다. 오름 발치에 밭덜이 조각조각 누웠다. 밧마다 푸른빗이 넘실댄다. 밧담이 까만 실로 촘촘하게 박음질한 모양으로 경계를 짓는다. 시멘트로 헐렁흐게 포장흔 질이 구불거리며 오름으로 나 잇다.

집은 낯선 환경에 맞춰 살아가게 되리라. 흑보름광 ᄌ작벳광 걸름 냄새에 적응해야 흔다. 펜안흐게 들어왕 안부를 묻는 이웃집 삼춘덜한티도 곧 익숙해질 것이다. 새각시가 중년 부인이 되고 흔 헤가 둘르게 주름살이 늘어가듯이, 집도 새 티를 벗엉 사람 숨결을 품은 공간으로 변해갈 것이다.

남펜을 뜨란 시집 동네로 이사한 지 ᄉ 년이 넘는다. 아이들을 키우고 직장생활 흘 때는 시에서 살앗다. 아이덜을 육지로 대학 보낸 후젠 남편의 생활터로 살렴을 웽겼다. 결혼ᄒ기 전인 좁은 단칸방에서 자취생활로 헤마다 이삿짐을 쌌다. 결혼ᄒ고 친정살이 십 년, 다세대 주택에서 뜨시 십 년을 넘게 살앗다. 생활 터전을 촟안 으라 번 살렴을 웽겼다. 돌고 돌앙 내 자리를 찾아온 기분이다.

집을 짓기 위ᄒ연 첫 삽을 뜨기 전, 토신제를 지냇다. 절을 ᄒ멍 조상님 전에 감사드렷다. 가족이 밝고 건강ᄒ게 살 수 있는 집을 짓게 헤줍센 러신께도 간절한 마음으로 빌엇다. 기도에 화답이라도 ᄒ는 양 아침 해가 어둠의 장막을 걷언 지상을 환ᄒ게 밝혀준다.

집을 짓는 과정이 생각보다 믄믄ᄒ지 안ᄒ다. 경비는 제쳐두고서라도 설계도를 그리고 건축허가를 받는 데도 몇 둘이 걸린다. 믄저 집을 짓은 칭구를 만낫다. 친구는 집을 짓기 전이 알아봐사 ᄒ는 게 뭔지, 어떤 구조가 펜ᄒ지, 창의 크기와 위치는 어떵 ᄒ면 좋은지 자기의 경험을 통해 세세한 것ᄭ지 말해준다. 고개를 꼬닥꼬닥ᄒ면서도 막막ᄒ다. 마음이 무겁기만 ᄒ다. 집짓기에도 공부가 필요하다는 걸 절감ᄒ다.

욕심을 내려놓기가 쉽지 않다. 예산에 맞쳥 짓단 보난 생각ᄒ 대로 되지 안ᄒ는 게 못마땅ᄒ다. 얼마간은 간섭도 헤보앗다. 이왕 짓는 거 돈 좀 더 쓰면 어떠냐고 남편을 몰아세운 날도 잇다. 의견이 달라 ᄃ투기도 ᄒ엿다. 집을 짓엉 나사민 십 년은 늙는덴ㅎ는디, 주름살이 짚어지는 남펜을 보멍 '그림 같은 집'은 포기ㅎ다. 살기 펜허곡 뜻뜻헌 집이민 된다고 마음을 접 엇다.

집을 짓엉 나사난 친구의 조언대로 된 건 거의 없는 것 같으다. 집의 외양이나 구조도 평범하기 그지없다. 벽지나 가구도 무난ㅎ다. 집은 통풍이 잘되고 벳이 잘 들민 제일이랜, '단단' ㅎ고 '무난'ㅎ게 지어달랜 골은 그대로다. 집은 짓는 순간부터 주인의 생각광 철학광 소신이 담긴다. 살기도 전이 집이 주인 의 성격과 삶의 방식ㅎ고 닮앗다. 자연 속에서 도드라지지 않 고 이웃광 어울리멍 살아가고 싶은 ㅁ심이 은연중에 스며잇다. 소박하게 주변과 어우러진 모습으로 지어진 게 되레 다행이렌 생각이 든다.

화려하진 안ㅎ주만은 우직ㅎ고 단단ㅎ게 버티고 서서 세상 을 살아갈 수 이시민 얼마나 감사한 일인가. 누군가를 뜻뜻ㅎ 게 품어주고 넓은 품을 내어주는 이들의 모습ㄱ치 새집은 걸 치레 어시 단순ㅎ고 소박ㅎ다. 제 형편과 살아가는 방식에 맞 추안 사는 게 순리라는 생각이 든다.

집은 어제와 내일을 연결ㅎ는 공간이다. 어제의 이야기를 ㅎ며 오늘을 살고 뜨시 내일을 맞이하는 곳이다. 집은 그디에 사는 이들의 이야기를 듣고 그들을 기억ㅎ다. 행복을 노래하 기도 ㅎ고 고통과 절망의 순간을 숙성시켜 새로운 인생의 맛을 빚어내는 곳이기도 ㅎ다. 집은 시간의 흔적광 사름의 숨절을 품고 그들과 닮아간다.

어느 날 남펜이 '농와당'이라는 이름을 지어 왔다. '농시ㅎ는 사름이 사는 기와집'이렌ㅎ는 뜻이렌ㅎ다. 건물에 비ㅎ영 일름이 닮암직ㅎ다. 남펜은 농시ㅎ는 사름이 사는 집이라고 두어 번 목소리의 힘을 준다. 그는 이름을 멩글안 집의 정체성을 밝히고자 함이다. 그간 나의 즌소리덜을 입막음ㅎ젠ㅎ는 의도도 이서 뵌다. 집 구조가 좋으니 안 좋으니, 타일이 곱지 안 ㅎ다느니, 새집에 들어오면서 옷에 묻은 먼지도 털지 않는다는 군말덜이 거실려실거다.

"펜ㅎ게 살젠 집을 짓단보난 집이 상전인게.", "집은 헹펜에 맞게 짓어사주 무리ㅎ민 집을 이고 사는 수가 잇저." 흘려 하는 남펜의 말에서 그의 생각을 짐작헤 본다. 집 이름을 볼 때마다 ㅎ꼼 마음에 안 드는 게 이서도 눈곰아준다. 이름 덕에 나 즌소리는 줄어들엇고 그는 평온을 얻엇다. 집은 사름 사는 '곳'이주, 돈으로만 사는 '것'이 아님을 깨닫는다.

시골집 마당은 또 다른 생활공간이다. 현관문을 열고 나오민 안에서는 담지 못ㅎ 자연의 아름다운 경치와 여유로움이 잇다. 실내는 펜ㅎ고 안락ㅎ지만 서로 간섭받고 소유와 욕망의 흔적들로 채워져 잇다. 밖은 불안전한 가운디서도 자연스럽고 자유로운 야생의 질서에 맞추앙 살아간다.

문밖에는 눈을 둘 디가 많다. 싱근 지 얼마 안 된 테역이 뾰족뾰족 푸른 잎을 내밀엇다. 마당을 골르며 모아놓은 잔돌덜이 우영밧과 마당을 나눈다. 우영밧에 부루ᄒ고 청경채가 땅을 밀고 쪼그맣게 연두색 얼굴을 내밀엇다. 유잎은 금방이라도 서너 장 토당 먹어도 될 만이 컷다. 유잎 향이 그만이다. 단호박 모종이 제우 발을 내려신지 아침 이슬에 촉촉이 젖어 배시시 웃는다.

초봄에 웽겨 싱근 장미가 우잣에 기대엉 붉은 꽃을 피웟다. 울담을 따라 개양귀비가 피어난에 비단결굴이 보드라운 꽂잎을 하늘거린다. 알록달록ᄒ 잎이 바람을 타고 춤을 춘다. 분홍색 철쭉이 앙증맞게 피언 웃없다. 고양이 두 ᄆ리가 돌계단에 누원 게으름을 피운다. 해산할 때가 얼마 남지 않은 암고넹이와 한량기가 이신 젊은 수고넹이다. 우리는 그들광 마당을 궅이 쓴다. 주연이 누겐지 서로 묻지 안흔다. 집 안이선 둘이 살고 문밖에는 하간 생명체가 어울련 살아간다. 시골에 살면 집 안보다 밖의 삶이 더 다채롭다.

남펜은 농시일을 끝내영도 마당광 울타리를 꾸미젠ᄒ난 손길이 바쁘다. 돌담 주벤에 감낭이영 먼낭을 싱것다. 집 안에서는 소파와 한 몸굴이 지내도 집 밖에서는 할 일이 많다. 평화의 깃발이 휘날리는 마당에서 남펜은 훅 묻은 손을 털고 고넹이를 안앙 환ᄒ게 웃인다. 구릿빗으로 그을린 ᄂ 위로 벌겅ᄒ 저녁노을이 은은하게 스며들고 잇다.

노을빗을 닮은 기와가 더 벌겅ᄒ게 물들고 잇다.

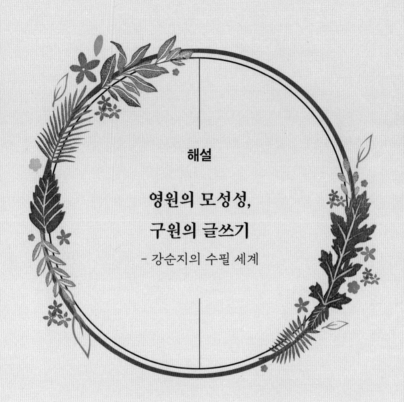

해설

영원의 모성성,
구원의 글쓰기

- 강순지의 수필 세계

영원의 모성성, 구원의 글쓰기
- 강순지의 수필 세계

허상문

문학평론가, 영남대 명예교수

1. 어머니, 그 영원한 그리움의 세계

작가들에게 '어머니'란 주제는 가장 친숙하면서도 어려운 주제의 하나이다. 강순지의 첫 수필집 『지상의 정원』에서도 이런 사실은 잘 나타난다. 작가는 「책을 펴내며」에서 "어머니의 삶의 역사는 결국 내 삶의 기록이며 치유와 성장의 기록이기도 했다. 그것이 한 권의 수필집으로 모습을 갖추게 되었다."고 밝힌다. 작가에게 어머니는 '바다'이고 '바람'이었다. 언제든 달려가 바라보며 울 수 있는 바다이었고, 언제든 내 곁에서 떠나지 않고 지켜주는 바람이었다. 자신의 삶과 문학은 어머니 없이는 존재할 수 없는 것이어서 글쓰기의 근원도 어머니에게서 시작되었다고 한다.

실제 강순지의 어머니에 대한 사유는 삶의 경험 속에서 솟아난 순간적이고 우발적인 감정들이 아니라 그의 삶과 문학을 통하여 일관되게 관통하는 균일한 정서로 드러난다. 이러한 서술은 개인적 체험을 바탕으로 내밀한 이야기를 제약 없이 할 수 있는 수필이라는 문학 형식을 통해 표현될 수 있다는 데에 일차적 의의를 갖는다. 더 나아가 우리 시대에 사라져가는 진정한 모성성(母性性)의 의미가 왜 필요한 것이며, 어떻게 부활해야 할 것인가에 대한 당위성을 새롭게 생각게 한다. 강순지 작가가 생각하는 모성의 의미와 모성적 글쓰기에 대한 진술을 좀 더 구체적으로 들어보자,

　　어머니와 내 안에 있는 그리고 자연의 모성(母性)에 대해 쓰려고 했다. 모성은 모든 생명을 움직이는 힘을 가졌다. 나를 만들고 작가로 거듭나게 한 것도 모성(母性)에 의한 것이다. 세상에는 영원히 모성이라는 힘이 필요하고 존재할 것이라 믿는다. 그 불멸의 생명력에 의해 인간과 삶이 영위될 것이기 때문이다. "모성은 모성을 모르는 자가 만든 단어"일 것이라고 누군가 말한 적 있지만, 모든 것이 사라져 가는 이때 우리에게 무엇보다 필요한 것은 어머니의 마음과 정신이 아닐까.

　　　　　　　　　　　　　　　　　　　　　　－「책을 펴내며」에서

이 험난하고 어두운 세상에서는 영원히 모성이라는 힘이 필요하고 존재해야 한다고 작가는 역설하고 있거니와, 강순지 수필에서 모성성의 발현은 어머니에 대한 사랑과 그리움을 자극하는 것임은 물론 여성 주체에 대한 새로운 사유를 제공한다는 의미가 있다. 다시 말해 강순지 수필은 여성적 글쓰기를 통해 어머니와의 연대감을 끌어내고 있으며, 그동안 타자로서 억압받고 소외된 여성 주체가 스스로 경험한 삶의 기억을 반추하며 글쓰기를 통한 자기 구원에 이르고 있다는 의의를 가진다. 논리의 비약을 무릅쓰고, 강순지는 주체적이고 거시적인 안목으로 변화하는 시대에서 여성이 처한 현실적 위상을 생각하면서 우리 시대의 새로운 모성성이 어떠해야 할 것인가를 생각함으로써 여성적 글쓰기의 한 방식을 보여준다. 그런 의미에서 강순지 수필에서 어머니는 시간과 공간을 넘나드는 존재론적 의미를 지닌다.

어머니는 작가에게 일상적으로 만나서 부대끼는 존재론적 동반자이지만 동시에 공간적으로도 농촌과 고향의 의미를 환기하는 정신적 근원이다. 작가가 자연과 농촌에 있는 시간은 곧 어머니를 만나 원초적인 시간과 공간으로 회귀하는 의미가 있다. 이런 원초의 공간과 시간을 거쳐서야 작가는 조화롭고 평화로운 세계와 만나게 된다. 현상학적으로 해석하자면, 강순지 수필에서 '어머니'는 작가의 시간과 공간 의식이 서로

조화를 이루어 자신의 삶을 새로운 형태와 의미로 구원하게
되는 인식론적 주체가 되는 셈이다.『지상의 정원』에서 어머
니는 삶의 근원을 위한 그리움의 세계임과 동시에 새로운 삶
의 진화를 위한 구원적 의미를 갖는다.

2. 사랑과 치유의 모성

   심리학자 라캉에 따르면 인간은 잃어버린 최초의 사랑의
대상을 욕망하며 향유하려고 하는데, 이러한 욕망의 원인과
대상을 주로 어머니에게서 찾는다고 한다. 강순지의 수필에
서도 욕망의 대상은 주로 '어머니의 유산', '어머니의 향기', '어
머니의 발' 등을 통해 다양한 형태로 나타난다. 이런 작가의
욕망의 근원은『지상의 정원』에 수록된 어머니를 제재로 한 많
은 수필을 통해 비추어지고 있거니와, 이는 결코 부끄럽거나
미움의 대상이 아닌 오직 어머니로부터 사랑받고 싶고 사랑
하고 싶은 욕망에 의한 것이다. 이런 욕망은 작품 속에서 거
울에 비친 얼굴처럼 투영된 채 그리움의 대상이 되어 지속적
으로 나타난다.

   그리움의 대상을 찾아 헤매는 작업은 일종의 고통스러운
쾌락의 '향유'이지만, 이것은 언어의 도입을 통해 '존재 결핍'
을 극복하고자 하는 작가의 의지를 말해주는 것이다. 이런 결

핍의 극복 의지는 인간 주체가 상실되어 만날 수 없는 실재를 만나고자 하는 열망의 표현이다. 다시 라캉을 빌려 말하자면, '최초의 완벽한 사랑의 만족'을 기억하며 무의식 속에 각인된 경험을 이루고자 하는 사람은 반복적으로 현실에서 존재의 결여를 충족하기 위해 사랑과 치유를 위한 구원에 시선을 돌리게 된다.

강순지의 작품에서 어머니의 이미지는 늘 정서적 지향점이 된다. 그래서 어머니의 삶은 자신이 물려받고 싶은 유산이 된다. 정서적 지향점으로서의 어머니 이미지는 작가에게 '삶의 흔적'이 되고 신화가 되어 남는다. 어머니에 대한 마음은 「어머니의 유산」 같은 작품에서 극명하게 드러난다. 언니들이 어머니의 궤를 받았을 때, 화자는 항아리를 유산의 선물로 받는다. "된장을 담았던 항아리와 간장 항아리," "갸름하고 손잡이가 있는 항아리에는 파란만장했던 어머니의 세월"이 거미줄같이 붙어 대롱거린다.

항아리에는 어머니의 눈물과 한숨이 고스란히 배어있다. 유산 속에는 남긴 자의 삶이 녹아있다. 한때는 보람이었던 것, 땀과 눈물과 한숨 속에 간절히 바랐던 이야기가 지층처럼 켜켜이 쌓여있다. 물건에는 저마다의 이야기가 있다. 물건 속에서 이야기를 찾고 이야기 속에서 삶의 흔적을 찾는다.

어머니의 푸근한 허리를 감싸듯 항아리를 끌어안는다. 어머니가 그리 아끼던 항아리 속에 담기고 퍼냈을 것들을 생각한다. 어깨에 짊어진 가족의 생계, 밭으로 바다로 내딛던 숨찬 걸음걸음, 가슴을 치는 설움과 남몰래 흘린 눈물 그리고 자식들이 잘 살아가길 바라던 기도가 섞인 어머니의 시간을 쓸어 안는다.

항아리들이 멀리 떠나온 날, 저녁 해가 장독대 위로 조용히 내려앉는다. 서로의 어깨에 기댄 항아리 위로 노곤한 시간의 긴 그림자가 내려앉는다.

- 「어머니의 유산」에서

작가는 어머니로부터 받은 항아리에는 눈물과 한숨이 배어 있고, 그곳에는 어머니의 삶이 녹아 있다고 여긴다. 그 속에는 저마다의 이야기가 있고, 고난을 향해 내딛던 어머니의 숨찬 걸음이 담겨 있다. 결국 이 항아리들은 가족을 위한 사랑과 구원의 객관적 상관물이다. 이들은 어머니의 초월적 삶과 현실적 삶을 연결하는 기능을 한다. 어머니의 항아리는 그 속에 담기고 퍼냈을 물과 음식을 긷고 사랑을 긷는다. 물이 생명을 위한 필수조건이듯 사랑 역시 생명의 기본적 조건이다. 이런 항아리들이 멀리 떠나온 날, 저녁 해가 장독대 위로 조용히 내려앉는다. 그들은 노곤한 시간을 서로의 어깨에 기대고 어머니의 긴 삶의 그림자를 드리운다. 그러면서 어머니의 항아리는 사랑과 치유의 모성이라는 정서적 울림으로 우리의 가슴에 울려온다.

상처받은 마음을 위한 최고의 약은 무엇일까. 그것은 바로 사랑일 것이다. 사랑은 일상생활에서 경험할 수 있는 가장 깊고 강렬한 감정이다. 사랑은 많은 사람을 움직이며, 상처받은 마음을 치유하는 데 도움을 준다. 우리는 삶에서 여러 형태의 사랑을 본다. 자기애, 모성애, 부부애, 연인과 친구 사이의 사랑. 사랑의 감정은 마음을 순화하고 다독여 준다. 특히 어머니의 사랑은 끝없이 깊고 무한하다. 강순지는 인간과 삶의 바른길을 위해서 가장 중요한 것은 누군가를 사랑하는 것, 숭고한 사랑의 마음을 보여주는 것이라고 여긴다. 그것은 바로 어머니가 자식들을 위하여 베푸는 사랑의 모습과 같은 것이다. 이런 사랑의 모습은 작품에서 다양한 형태로 나타난다.

어머니는 너른 땅을 가져본 적이 없다. 보잘것없다고 외면한 땅에 돌을 고르고 거름을 주고 잡초를 뽑아 곡식의 씨앗을 뿌렸다. 토갱이 밭 두 개에서 수확한 것으로는 한 해 먹고살기가 빠듯했다. 밭에서 자란 곡식을 수확하고 등짐으로 지어 날랐다. 어머니는 자식들을 굶기지 않는 게 소원이고 바람이었다고 한다.

－「토갱이 밭」에서

하루가 저문다. 아! 봄날이 간다. 봄 햇살이 어머니 깊은 주름에 스며드는 동안에도, 내게 당신 품을 내주며 사랑한다고 말하는 순간에도, 아무도 찾지 않는 빈 올레 어귀를 바라보는 시간에도 어머니의 봄날은 간다. 숭숭한 뼛속 마디마디에 아린 바람 소리 내며 간다. 박제되지 않은 흥을 따라 봄날이 가고 있다.

－「봄날은 간다」에서

아버지의 삶은 자식들의 삶에 무늬를 만든다. 부모와 자식 사이가 사랑과 행복으로만 채워지지는 않는다. 더러는 부모를 향한 미움과 원망과 증오를 하며 되레 자신에게 깊은 상처를 만든다. 아버지의 삶과 마주하면 그도 상처받고 흔들리는 사람이라는 것을 알게 된다. 모든 아버지는 저마다 다른 모습으로 살아간다. 사는 형편이 다르고 삶도 제각각이라 자식들의 마음속에 '아버지'라는 이름은 만 개의 꽃으로 핀다.

－「첫눈의 기억」에서

「토갱이 밭」에서 작가는 비록 보잘것없는 땅에서나마 돌을 고르고 거름을 주고 잡초를 뽑아 곡식의 씨앗을 뿌리는 어머니 모습을 본다. 여기에는 오직 자식들을 굶기지 않고 키우고자 하는 소원과 바람을 간직하면서 살아가는 어머니의 삶의 의지가 담겨 있다.

「봄날은 간다」에서 봄날의 의미는 "짧은 봄날에 따스한 봄볕 같다. 눈 가늘게 뜨고 손바닥으로 그늘을 만들면서 밖으로 나가고 싶게 하는 봄볕이다." 봄볕은 주저앉은 이를 일어서게 하는 힘을 가졌다. 작품에서 화자는 오늘도 봄볕을 기다린다. 기다림이란 모든 것이 수용될 수 있기를 바라는 가능성의 시간이다. 어머니는 그 기다림의 가운데 서 있다.

「첫눈의 기억」에서 작가의 사랑과 치유의 마음은 단순히 어머니에 대한 감정으로만 나타나는 것이 아니다. 아버지로부터도 이런 감정은 나타난다. 이런 감정은 "사는 형편이 다르고 삶도 제각각이라 자식들의 마음속에 '아버지'라는 이름은 만 개의 꽃으로 핀다."고 진술하게 한다. 이것은 바로 "자식에게 부모는 인연의 시작점이다. 세상에 태어나 처음 만나는 인연"이기 때문이다.

이렇게 세상의 자식들은 자신의 상처를 돌보느라 부모의 아픔은 외면하면서 스스로 자란다고 생각한다. 그렇지만 그 모든 기억 속에는 어머니의 사랑이 있고 희생이란 사랑 없이는 생겨날 수 없다는 것을 뒤늦게야 깨닫게 된다(「오래된 기억」). 마침내 작가는 어머니를 요양원에 보내기 전, 몸을 씻겨드리면서 '어머니의 향기'를 오랫동안 간직하기를 원한다(「엄마의 향기」). 고난의 시간을 살아낸 부모님 얼굴에는 푸르른 생명력이 있으며, 그들의 걸음은 자신의 삶을 포기하지 않고 지켜나가는 푸른 담쟁이와 같은 연대의 행렬(「담쟁이 발걸음」)을 이루게된다.

강순지 수필의 저변에는 생명성의 발현과 그를 통한 실존의 모습을 확인코자 하는 의지가 강하게 드러난다. 그러한 생명성의 절정은 어머니의 모성성을 찬미하는 형식으로 구현된다. 어머니의 모성성은 작가가 몸 담고 있는 농촌과 시골, 그리고 자연의 풍경으로 환치되면서 더욱 구체화된다. 작가는 자연과 농촌의 풍경 속에서 거의 신적(神的)인 모성을 발견하게 되고 이것은 삶의 화해와 구원의 이미지로 작동한다.

3. 자연과 농촌, 화해와 구원의 이미지

강순지 수필에서 자연과 시골은 단순히 물리적 공간으로서의 장소가 아니라 모성의 정신으로 이루어진 세계이다. 시골과 농촌에서 어머니는 일상적 삶의 대상으로 존재하지만, 그 존재는 만물의 근원으로서의 모성이다. 육친으로서의 어머니의 모성은 생명의 터전인 자연과 농촌에서 작가의 문학적 상상력을 통하여 원초적인 세계로 회귀하게 된다. 작가는 농촌과 자연 풍경 속에 꿋꿋이 서 있는 어머니의 모습을 떠올린다. "낯설고 약한 것들을 품어 안은 숲에서 어머니의 사랑을 본다. 자연 속에 있는 모성을 느낀다. 지구가 품은 정원, 숲은 지상의 정원이다.”(「지상의 정원」) 우주의 생명체인 숲이 지닌 모성은 어머니의 너른 품과 같아서 더욱 그립다. 그리하여 자연에 대해서와 마찬가지로 시골집에서 모성이 베푸는 검소와 평화를 느낀다.

집 좁은 건 살아도 마음 좁은 건 못 산다는 옛말이 있다. 농와당에 살면서 자연이 주는 지혜와 품을 닮아 겸손하고 검소하게 살아갈 수 있으면 좋겠다. 가족과 이웃들에게도 좀 더 품이 넓은 사람으로 살아가야지. 사람이 집을 만들고 집도 사람을 만든다는데 기대해 볼 일이다.

남편은 농사일을 끝내고도 마당과 울타리를 꾸미느라 바쁘다. 돌담 주변에 감나무와 먼나무를 심는다. 평화를 쟁취한 남편은 흙 묻은 손을 털며 고양이를 안고 환하게 웃는다. 구릿빛으로 그을린 얼굴 위로 붉은 저녁노을이 은은하게 스며들고 있다.

노을빛을 닮은 기와도 붉게 물들고 있다.

– 「농와당(農瓦堂)」에서

위 작품의 제목은 '농와당(農瓦堂)'이라는 시골집의 이름이다. 작가는 농와당에 살면서 자연이 주는 지혜와 품을 닮은 겸손하고 검소한 삶을 꿈꾼다. 이 집에 살면서 가족과 이웃들에게도 더 품 넓은 사람으로 살아가고 싶다는 마음을 가진다. 힘든 농사일을 하는 남편의 모습을 통해 하루를 마감하고 지는 붉은 저녁노을을 본다. 자연과 시골과 하나로 이루어 살아가고자 하는 작가의 마음은 문학적 상상력을 추동하는 중요한 부분이 된다. 그래서 고향 공간은 작가가 체험하는 사건을 통해 폭넓은 삶의 의미를 구현해 내게 한다. 작가의 고향과 농촌은 장소의 정체성을 통해 인간의 다양한 삶의 가능성을 열어주는 서사의 장으로 기능하게 되는 것이다. 말하자면 서사 공간으로서의 시골과 고향은 작가의 상상력을 통해 공동체적 삶의 공간으로 재인식된다. 더 나아가 해체되어 가는 고향 공간이 다시금 복원되어야 한다는 고향에 대한 애틋한 마음이 발현되면서 고향의 의미를 새롭게 만들어 낸다.

작가는 고향이 인간의 근원과 맞닿아 있는 곳이라는 점에서 삶의 터전을 보여주는 적합한 공간이라고 여긴다. 도시 생활에 익숙한 현대인들이 각축과 경쟁에 의해 힘들어한다면 시골과 자연으로부터 화해와 구원의 삶을 이룰 수 있다. 따라서 강순지의 작품세계에서 농촌과 시골은 모든 것이 하나로 화해되고 구원을 얻을 수 있으며 삶의 본질적 의미를 보여주는 곳이다. 시골과 자연에서 함께 사는 동물들과의 공동체의 모습에서도 작가의 이런 정신은 잘 드러난다.

「이랑이에게」「고양이 목화」「젊은 수탉」「반이의 연애담」
「반딧불이의 사랑」 같은 작품에서 나타나는 동물들에 대한 연
민과 사랑의 감정은 바로 작가의 공동체적 삶에 대한 인식을
잘 드러내고 있다. 작가는 단순히 특정한 주제나 소재를 위해
서 동물 이미지를 활용하고 있는 것이 아니다. 자연 속에서 살
아가는 '동물'과 '곤충'에 관심을 보여주면서, 이는 곧 자연과
시골의 삶에 대한 총체적 관심이면서 동시에 자연 친화적인
삶의 태도를 드러내는 것이다. 예컨대 '반딧불이'를 바라보는
작가의 시선을 살펴보자.

　　숲이 바람에 일렁인다. 오래된 나무들이 낯선 이들의 발소리
　에 경계하듯 나직이 뒤척인다. 밤에 보는 숲은 언제 보아도 낯
　설다. 문명의 빛이 차단된 숲에선 작은 소리에도 상상력이 더
　해져 한층 긴장하게 된다. 촉촉하게 젖은 숲에서 흙 비린내가
　난다. 오래 묵은 시간의 냄새다.
　　초여름 밤, 반딧불이를 보려는 사람들이 숲으로 모여든다. 반
　딧불이 나오는 시기가 되자, 조용하던 마을이 그들의 발길로 바
　쁘다. 축제를 열며 요란을 떠는 게 되려 곤충의 생태를 방해하는
　것은 아닌가 하는 의문이 든다. 사람들이 관심이 없을 때도 반딧
　불이들은 태어나고 반짝이고 죽기를 반복했을 텐데 말이다.
　　　　　　　　　　　　　　　　　　　－「반딧불이의 사랑」에서

위 작품에서 잘 시사되고 있듯이, 인간의 근원적 삶을 가능케 했던 '숲'은 '문명의 빛'에 의해 차단되어 가고 있다. 그로 인해 반딧불이를 위시한 곤충들마저도 그들의 생태를 방해받으면서 숲의 생명은 죽어간다. "풀도 나무도 곤충도 새도 어딘가에서 와서 터를 잡고 가족이 되고 이웃이 되었다."(「지상의 정원」). 그렇지만 인간과 세계, 인간과 자연이 불화하고 부조화하면서 현대적 삶의 환경은 갈수록 악화하여 간다. 이제 자연과 인간과 동물이 모두 하나가 되어 살아갈 수 있는 공동체적 삶은 오직 모성성의 회복에 의해 이루어질 수 있음을 작가는 강조하고 있다.

4. '잃어버린 봄'을 찾아서

강순지의 수필은 자아와 개인의 차원에서 벗어나 새로운 세상을 엿보고자 하는 이른바 '탈자아적 글쓰기'를 시도한다. 말하자면 강순지 수필은 글쓰기가 도달한 지점이 아니라 그곳을 넘어서는 저 너머의 다른 세상에 당도하고자 한다. 문학 작품이 인간과 세계와의 소통에 근거를 두고 있는 이상, 작가가 새로운 삶과 세상을 넘보고 꿈꾸는 것은 당연한 일이다. 그리하여 진정한 작가는 언제나 나를 통하여 타자를 읽고자 하고, 현재를 통하여 과거와 미래의 시간을 꿈꾼다. 궁극적으로 작가는 비록 불완전한 언어일지라도, 시간과 존재를 넘어서는 새로운 세상을 꿈꾸고 그것을 표현할 수 있는 언어를 찾는다. 그것은 바로 인간과 세상을 위한 구원의 글쓰기라고 할 수 있다.

강순지의 삶과 문학은 어머니 없이는 존재할 수 없다고 하고 글쓰기의 근원도 모성에 대한 인식에서 비롯되었다고 이야기했다. 모성을 향한 지향은 바로 타자와 세상을 향한 구원의 꿈꾸기라 할 수 있다. 이런 인식과 전망은 자연과 세상에서 사라져가는 것들에 대한 연민과 사랑을 보여주는 뜻깊은 담론이다. 작가는 연민과 사랑의 주체이자 대상으로서의 어머니와 자연 사물을 작품집에 가득히 풀어놓고 있다. 이들은 때로 어머니에 대한 그리움의 마음으로 혹은 생태적 인식과 사유로 드러나고 있다. 작가의 시선이 가닿는 숲, 나무, 동물, 곤충 같이 작품에서 허다하게 등장하는 생물과 사물의 목록은 존재와 세계에 대한 문학적 표현인 동시에 더 나은 인간 삶의 현실을 구원하고자 하는 작가의 염원이기도 하다.

우리의 처지라는 게 숲에 떨어진 종려나무 씨앗 같을지도 모른다. 예고도 없이 그저 낯선 곳에 던져지기도 한다. 하지만 생명이란 게 얼마나 이기적이던가. 끈질기게 때로는 영악하게, 살아남기 위해 몸부림친다. 빛을 찾아 더 높이 고개를 쳐들고 몸피를 불린다. 시기하고 질투하고 싸우고 미워도 한다. 그러다가도 용서하고 화해하면서 함께 나아간다. 어깨를 겯고 오늘을 살아간다. 어린나무도 그렇게 살아남았으면 좋겠다. 늙은 나무가 내어준 자리에서 빛을 받고 양분을 먹으며 숲의 식구로 살아가면 좋겠다. 생명은 죽은 것 위에서 태어나 자란다. 그리고 살아있는 것 사이에서 죽는다. 탄생과 소멸의 순환 속에 크고 작은 존재들이 모여 숲의 이야기를 만든다.

－「지상의 정원」에서

　생명의 탄생과 소멸의 순환, 그것은 우주의 질서를 이루기도 하고 수필 문학의 서사를 이루기도 한다. 작가는 숲에 떨어진 한 톨의 종려나무 씨앗을 통하여 영원한 모성의 교훈을 읽고 인간과 세상의 전망을 제시한다. 작가가 이야기하지 않더라도 지구에 사는 모든 생명체는 생태계라는 사슬로 이어져 있다. 그러나 인간 욕망의 탑이 갈수록 거대해지면서 자연은 파괴되고 무너지는 상황에 놓였다.

　자연을 파괴하고 생명을 죽이는 인간은 자신들의 이기심과 욕망에 따라 행동하고 사고한다. 대자연에 사계절의 질서가 있듯이 생명체에도 태어나서 자라고 늙고 죽는 엄연한 법칙이 있다. 생명의 법칙에서는 어느 부분 하나도 필요치 않은 것이 없으며 모든 부분이 전체를 이룬다. 이런 순환의 법칙에 따라 우리는 곁에서 사라지고 있는 '잃어버린 봄'을 회복하지 않으면 안 된다. 상실된 인간성과 파괴된 자연의 복원은 진정한 모성성의 회복으로부터 이루어질 수 있음을 작가는 역설한다.

이제 작가 강순지의 갈 길은 어디일까? 앞서도 이야기했듯이 문학은 세계와 사물의 본질을 깨우치고 자신의 존재에 근거를 마련하기 위한 역할을 해야 한다. 그러기 위해 작가는 『지상의 정원』에서 보여준 바와 같이 모성성이라는 생의 근원과 본질을 향한 서사를 위하여 더 높은 비상을 준비해야 할 것이다. 그것은 더 좋은 작가로 성장하기 위한 원심적 확산일 수도 있고 구심적 결집일 수도 있다. 앞으로 강순지의 문학이 더욱 깊고 다정한 어머니의 목소리로 삶과 세상을 위한 구원의 목소리를 들려주기를 기대하면서 글을 마친다.

강순지 수필집

지상의 정원

2024년 11월 30일 초판 1쇄 발행

지은이 강순지
펴낸이 김영훈
편집장 김지희
디자인 김영훈
편집부 이은아, 부건영
펴낸곳 한그루
출판등록 제651-2008-000003호
주소 제주특별자치도 제주시 복지로1길 21
전화 064-723-7580 **전송** 064-753-7580
전자우편 onetreebook@daum.net
누리방 onetreebook.com

ISBN 979-11-6867-192-8(03810)

이 책은 제주특별자치도와 제주문화예술재단의
2024년 제주문화예술재단 지원사업 후원을 받아 발간되었습니다.

값 14,000원